誰でも使える身体強化を鍛え続けたら、滅茶苦茶強くなってました

Mankind, the strongest passenger

人類最強の無能者!?

木嶋隆太

Illustration マグカップ

Mankind, the strongest passenger

CONTENTS

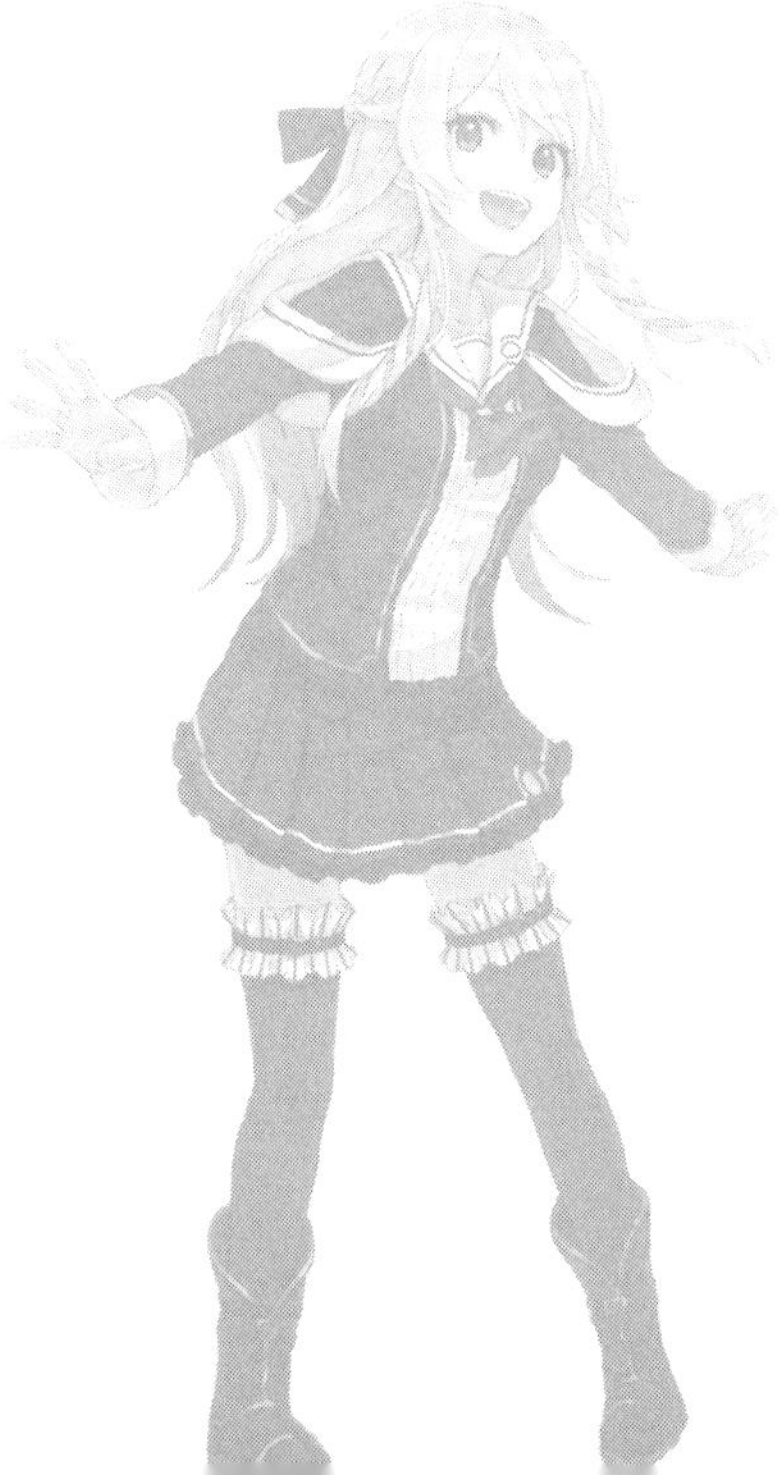

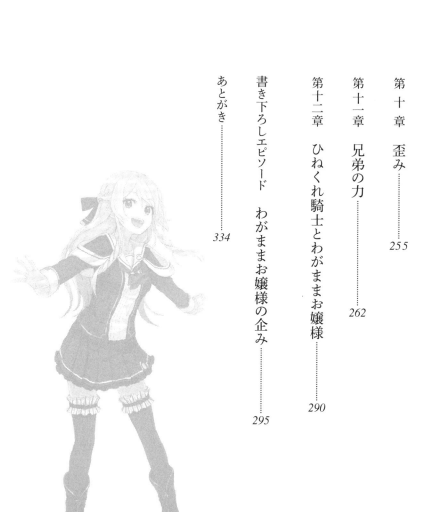

第一章　わがままお嬢様の騎士に指名される

「アーク……貴様のようなごくつぶしがどうして家にいられるのか……わかっているな？」

「……はい。シーア様と同い年、だからですよね？」

父は腕を組んだまま、眉間に皺を刻み頷《うなず》く。

「ああ。シーア様と仲良くなれ。ならなければ貴様のようなものは我が家にはいらない」

「はい、頑張ります」

無理だっての……。殴るように背中を押され、俺は舞踏会の会場を歩いていく。

シーア・リシェール。

この国には、いくつか強い権力を持つ貴族の家があったが、その中でもずば抜けていたのがリシエール家だ。

それこそ、国中の貴族という貴族がありとあらゆる場面でリシェール家の者と仲良くなろうと画策していたが、向こうもそれを理解していて、中々貴族たちの思惑通りにことが進んだことはなかった。

さて、そんなリシェール家の者と、何の魅力もない俺がどうやって仲良くなればいいのだろうか？

答え……無理。仲良くなるのは無理。

会場を歩いていると、すぐにシーアのいる場所がわかった。彼女は目立つ。だいたいいつも周囲に人を集めているからな。

桃色の髪に赤い瞳を持つその少女は他とは一線を画する可愛らしい子だ。

彼女を見るためだけに、貴族たちは舞踏会に参加しているといっても過言ではなかった。

そんなシーアと仲良くなれれば、貴族の立場はもちろん、男としても自慢できる。

だからこそ、たくさんの貴族が彼女に近づこうとした。同い年の子から、すでに成人したような大人まで。自分の家の権力を、財力を使い、彼女に近づこうとした。

だが、誰も彼女の心をつかむまではいかなかった。

声をかければ、「邪魔なんだけど」、「うざいんだけど」、「消えてくんない？」と一蹴するのだ。

そのあまりの態度に彼女の父が注意している場面を見たことがあったが、それさえも無視だ。あげく、公衆の面前で父のカツラを奪い取り、窓の外へと投げたことさえもある。

恐ろしい女だ。

絶対に関わりたくない。だが、それでも家からの命令がある以上、俺もシーアと仲良くするための集団に交ざらないといけない。

そんな俺がとった作戦は……取り巻きたちに交ざり、一生懸命アピールしている振りをすること。

これが俺の全力だ。

第一、シーアの近くにいるのは上級貴族の人たちばかりだ。俺のような下級貴族が押しのけようとすれば、それだけでぶっ飛ばされる。

金も権力もなく、俺の容姿は両親から引き継いだ平凡なものだ。仲良くしろというなら、もっとかっこよく生んでくれよという話だ。

今もシーアの辛辣な言葉に撃沈している貴族たちを見ているくらいしかない。

それにしても今日のシーアはまた一段と切れているな。

彼女の表情は氷よりも冷たく、その瞳はナイフよりも鋭く細められている。

不機嫌です、という表情を隠す気などまるでない。口を開けば、罵倒の嵐……。

そんな子と関わりたいか？　俺は関わりたくない。

俺とシーアは同い年の七歳。他の貴族たちよりも話しかけるきっかけはあるかもしれない。

ただ、年齢がまるで有利にならないのは、他の同い年の子を見ていれば痛いほどわかる。

……とはいえ、何もしていないと両親にぶん殴られる。

時々、シーアの名前を呼び、「やってます。頑張ってますよ」アピールに努める。

これが賢い生き方ってやつだ。俺はシーアの動きを警戒し続ける。

この世のすべてを憎んでいますといった様子でシーアは周囲をにらみつけている。

……笑顔を浮かべればそれこそ九割の男性を見とれさせるような美貌ではあるが、アレじゃあな。

それでも、やっぱりシーアはモテるのだ。家が有名だからな。貴族たちはどれだけ嫌がられても、シーアに声をかけ続けている。

それが、他の令嬢様からは面白くないようだ。あれだけつっけんどんな態度をしていてもモテるんだからな。そりゃあ周り全部敵だらけだ。女って怖い。

俺も取り巻き貴族たちに合わせ、「シーア様ー」なんて言っていると、不意にシーアと目が合った。

俺はさっと視線を外す。今、一瞬目があったような。

いやそんなはずはない。きっと、気のせいだろうな！

「あなたでいいわ。あなたこっちに来なさい」

シーアが珍しく罵倒以外の言葉を吐き出している。何かあったのだろうか？

シーアは俺を指さしているように見える、まっさかー、そんなわけないだろう。

……俺じゃないだろうな。俺じゃないでください。

きょろきょろと周囲を見る。周囲の人と目が合った。おまえ誰だよ、という目を向けてくる貴族たち。

俺の左胸に付けている家紋に見覚えはないのか？　えへんと見せつけるように胸を張ると、彼らは首を傾《かし》げた。おっと誰も知らないようだ。

シーアがすっと俺のほうに近づいてきた。俺の手を彼女の柔らかな手が摑《つか》んできた。

「早く、来てくれない？」

シーアのいらだったような声。ただ、確認しておかなければならない。

「あの、俺ですか？　ほかにも周りにかっこいい子息の方たちがいますが……」

「あたし、生物に興味ないの」

「俺も生きてるんですけど」

「そんな生気のない目をしている人間がいるの？」

そんなにやる気のない目をしていただろうか。おかしい……やる気に満ち溢《あふ》れた顔をしているらしいが。近くのガラスを見る。なんだこのゾンビは！　あ、俺か。

……両親にみられていたらボコボコにされていたかもしれない。

俺はびくびくとシーアの隣に並ぶと、彼女が手を差し出してきた。

とりあえずお手をする。すかーんと頬を叩かれた。

「ひどくないですか」

「エスコートよ。そのくらいも習っていないの？　貴族でしょ？」

「まあな。習っちゃいるが、俺は落ちこぼれの中の落ちこぼれなもんでな。家を継げるかどうかもわからんのだ。だから、覚える必要がないんだ」

「ああ、そういうことね。残念ね」

ま、マジか。普通の人ならちょっとは同情するんだが……彼女はまるでさっきの話など覚えていないご様子。

先ほど言ったように、俺は両親から見捨てられている。俺の魔力変換効率が悪い――つまり、魔力が少ないからだ。

この国じゃ、魔力が絶対だからな。

……とにかく。シーアがエスコートしろ、と手を出してくるので、掴む。

なんでこんなことになっているんだと思うが、周りの貴族たちの驚いたような目が、ちょっと心地よい。

よし、見せつけるように歩いてやろう。人生で一度あるかないかの時間だ。

シーアを伴っていつも馬鹿にしてくる貴族たちの前を歩いていく。胸を張り、自慢するように。

気分がよくなっていると、シーアがつねってきた。

「あの、それ俺の皮膚なんですけど」

「つねりやすいわね」

「そりゃあどうも」

彼女がぱっと手を離した。どうやら、自慢するな、ということらしい。

しばらく彼女と歩きバルコニーへと向かった。心地よい風だ。もう少し吹き荒れてくれることを願う。そうすりゃ、シーアのドレスがめくれあがってくれるんじゃないだろうか？

隣に並んだシーアが軽く背筋を伸ばした。

「あんたって誰かのことを好きになったことある？」

「それはもう、あなたのことですよ」

脛《すね》に彼女のつま先が当たっている。蹴るなって。

「あたし、そういう関係が面倒くさいんだけど」

「そういう関係？　なんの関係だ？」

「周りの貴族が絡んでくるの。おまけに、もうすぐ正式な騎士を決めないといけないの。下手にあたしに興味がある奴とかを傍に置きたくないのよね」

騎士。

リシェール家に生まれた女性は、自身を守る騎士を決めるのが習わしだ。

こんなわがままな少女の騎士なんて、大変だろうな。同情するぜ。彼女の騎士になる奴のことをあざ笑っていると、

「そうか」

「だから、あなたに決めたの」

「……は？」

どういうこっちゃ。

「あたしが七歳になったら騎士候補を一人指名するように言われてたのよ。決めるつもりはなかっ

たんだけど、親父がうるさいから、あなたでいいわ」

「……いやぁ、さすがに俺にあなた様の騎士は荷が重いんですけど」

「知っているわよ」

「知っちゃってるんですか」

そこは嘘でも否定してくれないか。泣くぞ。

「騎士なんてぶっちゃけ誰でもいいのよ。強いとか弱いじゃなくて、ただ単に、あたしに興味を持っていない人間ならだれでもね。五歳のころからずっとそんな人間を探していたのよ」

この子五歳のころから何をしていやがるんだ。怖ろしい子だ。俺なんて五歳のころは、使用人同士の恋模様を観察していたくらいだぞ。

シーアは俺のほうを見て、可愛らしく笑う。

「騎士が決まってよかったわ」

「そうか。おめでとう」

「他人事のようにいうけどあなたよ？」

「その騎士になる人には頑張ってもらいたいもんだな」

「蹴るわよ？」

「蹴ったじゃん……」

俺は脛をさすりながら、シーアを睨《にら》む。俺の脛に穴が開いたらどうするんだ。

「あたしの騎士として、これからあたしの家で暮らすことになると思うけど、まあそんくらいいいわよね？」

「俺、パパとママと別れて生活するの嫌だなぁ」

「家族から厄介者として扱われているのよね？　魔力検査で魔力の変換効率が悪いってわかって、魔法が期待できないから。弟からもいつも馬鹿にされているらしいじゃない」

「人の事情を勝手に調べるのやめてくれないですか」

「いいじゃない別に減るもんでもないんだし」

まあ、そういわれてしまったらそうなんだが。

……言う事を聞くしかないのだろう。

彼女の家はうちよりも立場が上。そんなシーアが命令を出せば、俺に拒否権はないのだ……。

こうして、俺はシーアの騎士に任命されてしまった。

＊

シーアの騎士になってから三年が経過した。

俺の家族はそりゃあもう喜んでいた。

そりゃあそうだ。倉庫にあったゴミが突然高値で売れるようになったら誰でも喜ぶだろう。俺はまさにそんな感じ。

家族から期待されていなかった理由は簡単だ。

俺の保有している魔力はとてつもなく少ない。こんな魔力では、誰でも使用できる身体強化の魔法しか使えないのではと散々言われてきた。

この世界では十歳になると魔法の力に目覚める。その魔法のエネルギーになるのが魔力だ。魔力が少なかったら、どんなに優秀な魔法に目覚めても使えない。だから、家族は誰も俺に期待なんてしていなかった。

だから、両親は俺に冷たかった。俺が何か問題を起こせば、殴る蹴るは当然だったくせに、シーアの騎士になってからは手のひらを返したような待遇だ。散々ごくつぶし、と呼んでいた彼らが、最近ではアークと名前で呼ぶようにまでなっていた。

俺に魔力がないというのは貴族たちにも知れ渡っている。シーアの騎士から引きずり降ろそうと、舞踏会のたびにその話題があがるのは最近ではもはや恒例となっている。

しかしシーアはまるで聞く耳を持たない。少しは持ってほしいものだ。

貴族の皆さんが家の力を使って、俺がいかに無能かを示しているというのに、彼女はそれらすべてを無視する。それは優しさ？　いいえ、彼女はただただ俺という奴隷をこき使いたいだけなんだ。

「おかえりなさい、アーク。遅いわね」

「うげ、出た」

「人をお化けみたいに言わないでくれるかしら？　ちゃんとただいまくらい言いなさいよ」

今日は学校だったが、用事があって別々の帰宅となった。俺を出迎えたシーアが腕を組んでいた。

「いや、俺キルニス家にいたときはただいまとかいっても返事なかったし」

「そうなのね。ま、そんくらいどうでもいいわ。アーク。お菓子持ってきて」

早速、こき使われるのか。せめて少しくらい休ませてくれっての。

「はいー、ただいまー！」

「次はお茶ね。あと、本も」

「お任せあれーって俺は使用人か！」

全部用意して彼女に渡してから叫ぶ。

シーアはくすくすと笑ってお菓子をこちらに向けてきた。

「ほら、お菓子あげるから機嫌直しなさい」

「あざっす」

彼女の家で食べられるお菓子は、俺の家の一か月分の生活費くらいだろう。いやさすがにそれは盛った。けど、一日分くらいはあると思う。それを頂けるのだから、なんでもやるというものだ。

シーアが隣を示すようにベッドを叩く。座れということなので、腰掛ける。

俺とシーアの関係は、こんな感じだ。もうずっとこの調子で三年近く過ごしている。

彼女の命令に従順に従い、それはもうシーアの奴隷のように働いている。

シーアが俺を気にいった理由はやる気のない顔だっていうから、そりゃあもう毎日やる気に溢れた顔で、シーアに興味を持つように頑張った。

俺が騎士になってしまったのは、シーアにまったく興味がなかったからだ。だから、シーアに興味を持ち、周りの貴族たちのようにメロメロになったらどうだろうか？　そりゃあもうシーアに嫌われて騎士もお役御免になるというわけだ。天才的な発想に気づいた当時は俺も身震いした。

「なに、あなたこっちをじっと見て」

「いやあ、別に。今日もシーアに興味津々で生活しているっていうアピールだ」

「それを口にだすあたり、興味まるでないわよね」

呆れた様子でシーアが肩を竦《すく》める。……そう、毎日彼女をじっと観察し、とにかく興味を持つよう、持つように生活をしていった。

シーアは一体何が好きなのだろうか？　普段はどんな生活を送っているのだろうか？　どんなジャンルの本を好むか。学校じゃ友達一切いないんだな……とかとか。

シーアにあれこれ注目していった結果……俺はとんでもない過ちを犯してしまった。

——普通にシーアが好きになってしまった。もう、彼女のそばを離れたくないくらいになっ。

バカか俺は！

簡単に分析すると……こいつやっぱり美少女だ。口は悪いが、時々見せる優しい顔にころっと落とされてしまった。

今はそれを必死に見せないように頑張っている次第だ。……彼女の騎士をやめたくないからな。

「やっぱあなたにしておいて正解だったわ。こんな便利な奴隷――じゃなくて、道具に育ってくれるとは思わなかったわ」

「まだ奴隷のほうがマシとさえ思えるんですけど」

シーアは軽く伸びをしてベッドで横になる。俺もこのまま眠りにつきたい気分だ。……さすがに、シーアの隣で寝るとかできないがな。緊張して一睡もできないだろう。

彼女をちらと見ると、無防備に肌をさらしている。まったく、なんて心臓に悪い奴なんだ。

「ねぇ、アーク」

「なんだ」

「明日の魔法発表会に参加する予定よね？」

魔法発表会。

俺たちは同じ学園に通っているのだが、学年の全員が十歳を迎えた日に魔法発表会が開かれる。

この世界の人々は、十歳になったその日に魔法に目覚める。だから、学年で一番最後に十歳を迎えた子に合わせ、どんな魔法を所持しているのか調べる。

その後は、魔法を持つ子たちを祝うことになっている。

「そりゃあな。貴族なら全員受けるだろ」

なんなら、平民でさえ受けることになっている。

珍しい魔法が発見されれば、国の発展に繋《つな》がるからな。

「どんな魔法が目覚める予定なのよ？　爆発とか？　時間関係とか？　瞬間移動とか？」

「そんな立派なもんに目覚める予定はねぇんだけど。たいした魔法じゃないんじゃないか？　そんで、騎士をやめたほうがいいなんてまた舞踏会を賑《にぎ》わすかもな」

それは嫌です。勘弁してくださいい神様。

「言っておくけど、騎士をやめられるとは思わないことね。どんな雑魚魔法でも傍に置いておくわ。覚悟しなさい」

「へいへい。鬼のような奴だな」

「何、やめたいの？」

そういって彼女が睨んでくる。……相変わらずここ一番の迫力は凄まじい。

やめたくはない。今の立場を気にいっている。けど、それを言えば、やめることになってしまう。

シーアが初めに言ったとおりだ。あたしに興味を持つな、と。

難しいもんだな。

「まあな。前から話してるだろ。貴族なんてめんどくさいってさ」

「……あっそ」

シーアは露骨に否定すると、怒ったようなつまらないような顔をする。その顔を見ていると、胸がぎゅっと痛むのだ。

彼女に本音を伝えたいが、伝えたら騎士をやめさせられる……ああ、くそどうすりゃいいんだ！

しばらくして、シーアは近くにあった枕を投げてきた。その顔はいつも通りの仏頂面だ。

生まれたときからそんな顔だったんじゃないだろうか。可愛いのにもったいないものだ。

明日、どうなるだろうな。最低限、騎士を続けられる魔法が発現してほしい。

シーアの父――リシェール家の当主もまた、魔力の少ない俺を嫌っている。下手な魔法だと本当に騎士をやめさせられるかもしれない。

「魔法発表会。期待しているわよ」

「……期待に応えられる気がしねぇな」

魔力量が、そのまま魔法に比例する、というのはよくある話だ。

……だからたぶん、俺はたいした魔法には目覚めないんだろう。

――それでも、目覚めてほしいとも思ってしまう。期待したくなくても、期待してしまうのだから俺ってポンコツだ。

そんなことを考えていると、シーアがすっと何かを持ち上げた。

緑色の魔石がついたネックレスだ。

「なんだそれ」

「あんたにあげるわ。一応、誕生日でしょ？」

俺たちの年代で一番誕生日が遅かったのは俺だ。まさかシーアが覚えていたなんてな。

嬉しすぎて思わず笑顔を浮かべてしまいそうになる。それを必死に隠して、俺は最大限の憎まれ口を叩く。

「どこなら高く買い取ってもらえるんだ？」

「売ったら殺す」

シーアがきっと睨みつけてきた。……売るわけねぇだろ。一生の宝物だ。

俺が騎士の立場をおろされたとしても、大事にし続けよう。……いやさすがにそれは気持ち悪いか？

基本、すぐに眠りにつける俺だったが、その日だけは初めて寝付けなかった。


発表会当日。俺たちは学園の体育館に集まっていた。入学式や卒業式のときのように綺麗に飾り付けられたこの場には、通っている生徒たちの家族も来ていた。今はそんな家族たちの交流の時間であった。

久しぶりに家族の顔を見た気がする。ほとんどをシーアの家で暮らしているので、家族と会う機会がない。

俺が会いたいと願えば会えるだろう。けど、俺も会いたくないので、この関係が続いている。

学園までできた両親と弟が何かを言っている。……全員、俺がシーアの騎士になる前なんかまるでいない者のように扱っていたのにな。

そんな彼らが何か激励の言葉を言っていたようだが、右耳から左耳に抜けていく。

あまり心に残らない言葉を残した彼らがようやく去っていった。

俺は軽く伸びをして、シーアが待つクラスの列に戻る。

「アーク、いい魔法が発現するといいな」

「いやぁ、どうだろうなぁ……俺って魔力欠片もねぇしなぁ……」

「ははは、そうだよな。まあ、神様に祈っておけよ」

クラスメートたちはからかうように背中を叩いてくる。

……家族と不仲な俺は、とにかく友人関係だけは気をつけるようにしていた。そのおかげで、シーアの騎士になってからもなんとか良い友人たちに囲まれている。

本音はわからないが。向こうも、シーアの騎士の友人、という立場を守りたいだけかもしれない。

けどまあ、それでもいいさ。昔から別段関係が変化したわけじゃないし。

とはいえ、やはり敵対してしまう人もいる。

それは、シーアの騎士を狙っていたような貴族たちだ。さすがにそればかりは、どうしようもなかった。

俺はシーアの隣に並び、光が抑えられた壇上へと視線を向けた。

少ししてぱっと、壇上を照らすように光が向けられる。そこには、司会者がいた。

『みなさま！　お待たせしました！　魔道具の準備が完了しましたので、これより、魔法を調べていきましょう！』

司会者がそういうと同時、派手な音が響いた。学園で用意した楽士団の演奏だ。

わずかにびくっとしたシーアが耳を押さえ、顔を顰《しか》めている。「うっさいわね」と口が動いている。相変わらずだな。けど、そうやって耳を押さえているシーアも可愛らしい。

シーアの舌打ちを合図に、発表会が始まっていく。

魔法を調べる道具は、マジカルミラーと呼ばれる特殊な鏡だ。

その鏡に自分の魔法について尋ねると、そこに映った自分が答えてくれるのだ。

同級生たちが順番通りに声をかけ、鏡をかざしていく。俺とシーアの順番は最後だ。学園側も盛り上げたいからわざとそうしたのだ。

『オレは火魔法の使い手だ！』

かざされた鏡に映る子が叫んだ。彼の魔法は火魔法か。

露骨に鏡を持っていた子の元気がなくなる。決して悪くはないが、火魔法は珍しさはないからな。

多くの貴族は火、水、風、土といった基本属性よりは特殊魔法を狙っているはずだ。

例えば、シーアが言っていたような爆発を起こす魔法や、時間を一時的に操るような魔法――。

特殊魔法のほうが国からも重宝されることが多いからな。

『私は、影魔法の使い手だ！』

おお、っと声が上がる。次の子は特殊魔法のようだ。

影魔法、確か影を操ることができる魔法だったか？　とにかく、属性以外の魔法は基本的に当たりだ。

鏡を持っていた少女とその家族と思われる人たちがはしゃいでいる。

そうして、次々に魔法が調べられていく。

盛り上がりが絶好調になったところで、俺の順番が回ってきた。

壁際にいた新聞社の人たちも、俺の番になった途端、露骨に集中し始める。一言一句をもらさんとばかりに、メモとペンを握りしめている。

シーアの騎士というだけで、俺は注目されていた。

あまり注目されても嬉しくはないんだよな。……シーアはというと、やっぱりあまり興味なさそうだ。

俺は鏡を持ち上げる。珍しく、緊張している。それを表情に出したくなかったのは、小さな意地のようなものだ。必死に声を抑え、俺は問いかける。

「俺の魔法はなんだ？」

前の子と同じように鏡を掲げると、鏡の中の俺が動いた。

『俺の魔法は……魔法は……』

なぜかそこで止まった。沈黙が場を支配する。

初めての出来事に俺は混乱する。嫌な予感がして、脈が速くなっていく。背筋からは嫌な汗がだらりと流れてくる。持っていた鏡が震えだす。

震えた鏡は、困惑したように固まっている。なんだ、何が起きているんだ。

「俺の魔法はなんだよ」

たまらず催促した俺の言葉に、鏡の中の俺が動き出した。

『オレの魔法はないんだぜ！』

その言葉に、周囲がざわめきだした。

「ま、魔法がない……？」

「どういうことだ？　固有魔法がないってことは……まさか、本当に何もない、ってことか？」

「ってことは、身体強化魔法しか使えないってことか？」

「身体強化ってあれただ補助する程度の魔法だぞ？　そんな力でシーア様の騎士が務まるのか？」

その言葉を皮切りに、何人かの貴族たちが息を吹き返したように声をあげる。

それは、俺を嫌う貴族たちだ。

「そうだよな。そんな無能者にシーア様の騎士が務まるわけないだろ？」

その声は、たぶん小さかったのだろう。けど、俺には耳元で囁かれたかのように酷《ひど》く頭に残って
――。

視線をシーアに向けると、彼女は見たこともない顔でこちらを見ていた。その表情の意味を、俺は知ることはなかった。

＊

発表会が終わり、一か月が経過した。

……あれから、シーアとは一度も会えていない。

現在俺は、自宅で待機中だった。

魔法がないというのは、前代未聞だ。

ありふれた魔法で残念に思うくらいはあるだろうと考えていた。だが、一切魔法がないなんて予想外だった。たぶん、騎士の立場だって失うだろう。

シーアの父親はもうそのように進めているらしい。……いや、今心配するのはそんなところじゃねぇな。

目覚めた俺は朝食をとるため、食堂へ向かう。

家族全員で食事をとるのが我が家の日課。いくら俺を嫌っていても、さすがに参加するなとまでは言われなかった。

とはいえ……刺すような視線は相変わらずだ。フォークでも投げられている気分だぜ。

沈黙したまま食事を進めていると、父が口を開いた。

「本当に使えない奴だ。シーア様と仲良くなれたくせに、その立場を失うとはな」

「……やはり、ゴミはゴミだね」

弟のイケが舌打ちまじりにこちらを見る。……立場は三年前に戻ってしまったな。いや、前よりも酷い。

魔法が使えない落ちこぼれ、そんな落ちこぼれを輩出した家と馬鹿にされているそうだ。

使えないと馬鹿にされるのはいつものことだ。シーアが関わらないのなら、どうでもいい。

「くそな兄貴のせいで、才能あるオレまで馬鹿にされるんだぜ、どうにかしてくれってんだよ」

イケが聞こえるように言ってくる。

……確かに、イケの魔力変換効率は他の貴族と比較しても多く、将来が期待されている。

けどおまえだって俺の弟だからな。魔法がない可能性だってあるんだぜ？　魔法や魔力は親の遺伝でもある。つまり俺も被害者なのだが……。

そんなこと言ったらぶん殴られるので、反応しないように努めるしかなかった。

「あれから一か月が経ったな。相変わらず、魔法のほうは発現していないようだが」

「申し訳ありません」とだけ伝える。それ以上は何も言えない。言ったところで、彼らはただただ俺に不満を抱くだけだ。

しかし……俺の謝罪は失敗だったようだ。父が力強く、テーブルを殴りつけた。食器が揺れ、空気が張り詰めていく。

見れば父が本気で怒った顔をしている。あれは俺の魔力が大してないことがわかったとき以来の表情だ。

「貴様は、一体どれだけ家に迷惑をかければ気が済むんだ！　魔力がなく、魔法もない！　貴様のようなゴミのせいで、全員がバカにされているんだぞ!?」

「申し訳ありません」

「あげく、騎士の立場までも失った！　今の貴様には何の価値もない。なぜ貴様を育てているのか、わかっているか？」

……一夜の過ち？　とは口にできなかった。

今日は本気で怒っている。火に油を注ぐのはまずい。

「わかりません」

「価値があるからだっ！　貴様に投資した結果、我が家の将来が潤う可能性があるからだ！　逆にいえば、価値のないものを育てる意味はない！」

この国は実力主義だ。力のないものは、排除される。

昔は長男が問答無用で家を継いでいたが、今はそんな家はない。

もっとも能力が高いものが、家を継ぐ。それほどに、この国では力を重視していた。

他の家では、一夫多妻を採用し、生まれてきた子どもたちを競わせ、その中から優秀な子に家を引き継がせる、なんてこともある。

では、その競争に負けた子はどうなる？　ある程度の才能があれば、どこかの貴族に嫁げるかもな。

そもそも、競争の舞台にさえあがれない子は？　そんなもの、追放されるだけだ。

俺は黙っているしかない。だって、今以上に価値をあげることはできない。

「貴様の分の食事などないっ！」

食堂内に風が吹き荒れた。父の魔法だ。その風は、悪意をもって俺を殴った。

弾かれた俺は、背中から床に叩きつけられる。いってぇ……何もできないのが悔しくて仕方ない。

「必要なものをまとめて、さっさと出ていけ」

ぱさっと俺の隣に袋が落ちた。袋の口が緩み、そこから貨幣が見えた。

確か、貴族が旅立ちを祝う場合に最低限持たせなければならない金額ってのが決まっているんだったか。祝う、という表現が貴族らしいな、と思った。あくまで、祝うのだ。追放ではないってこと。

恐らく、父だって変な言いがかりをつけられたくはないだろうから、金額は正しいはずだ。

それを受け取った俺は、立ち上がり頭をさげる。

「今まで、お世話になりました」

……何を言っても無駄なのはここで十年生きた俺が一番よくわかっている。ふん、っと父が鼻を鳴らす。

荷物をまとめるため、俺は部屋に向かった。

部屋で荷物をまとめていると、無作法に扉を開けてくる輩がいた。イケだ。

「見送りに来てくれたのか？」

「んなわけあるかよ、無能者。消えてくれて清々《せいせい》するぜ」

無能者、か。あのとき体育館でも聞いた言葉だが、新聞を通してすっかり広まったらしい。

固有魔法を持たないから、無能者。わかりやすいな。

返事をするのも億劫《おっくう》で、俺がカバンに荷物をつめていくと、イケはそれが気に食わなかったようだ。顔を近づけ、睨みつけてきた。

「おい、聞いてんのかよ無能者」

「聞いてるよ。何、おまえ俺のこと好きなの？」

「頭おかしくなったのか？」

「俺は嫌いな奴に声もかけたくないんでな。まさにさっき実演しただろ」

「いい度胸してやがるな」

イケが拳をならす。まだ彼に魔法が発現していないからこそ、俺も強気に言えるのだ。なんて臆病者だ。悲しくなるぜ。

ここで怪我なんてしたくなかったので、俺はたまっている鬱憤を多少は飲み込んで荷物を担ぎ上げた。

……もう、彼と会うこともないだろう。じゃあな。

それよりも……。もうシーアと会えないことのほうが寂しい。寂しいどころの話じゃない。吐きそう。おえ。

特にアテがあるわけもない。家を追い出された多くの子がスラムとかで暮らしているなんて話を聞く。

さすがに、そんな場所で生活できるほど俺はタフな人間じゃない。……金は一か月生活できる程度はある。

……あと一か月が俺の寿命ってところか。子どもが金を稼ぐ手段なんて、魔物狩りなどを行って生計をたてる冒険者になるくらいだ。

だが、魔法を持たない俺が魔物には勝てない。つまり、稼げるわけがないのだ。

せめて一か月。最後くらい楽しもうか。

＊

金が尽きた俺は自分の墓場を探すようにさまよって、人里離れた森についた。

……どんな風にたどりついたのかよく覚えていない。とりあえず、金がなくなってもういつ死んでもいいやという気分で、魔物が徘徊する森をひたすら歩いたんだが……なかなか死なない。魔物たちも同情しているんだろうか。それとも不健康そうな俺の肉なんてうまそうには見えないってか？　同情だったら勘弁してくれ。もう何日もろくに食事をとっていないんで、腹ペコだ。このまま見逃されているほうが生き地獄を味わってしまう。……まさか奴らはそれを楽しんでいるのだろうか。

森なら、何か食い物でもあるだろうか。

そんな期待とともに歩いていくと、小屋を見つけた。きこりの休憩所とかだろうか。

何か食い物でもあればいいんだが。そんな思いとともに扉をノックする。反応はない。まあ、いてもくれるとは限らない。

開いてねぇかな。……って開いたよ。中は薄暗く、いびきが聞こえた。

ベッドに体がおさまらないほどの大男が眠っていた。一瞬クマが寝てるのかと勘違いしてしまった。

「なあ、おじさん」

俺が揺すって声をかけると、僅かに髭を生やしたその男は目を開けた。

それから驚いたようにこちらを見てくる。

「ん？　なんだぁ、ガキ。リフィル村の子が迷い込んじゃったか？」

「リフィル村？」

「近くにある村だよ。なんだ、ちげぇのか？」

「ああ」

「なら、なんでこんなところにいるんだ？」

「……おじさん、腹減ったんですけど……何か食べ物をわけてもらえませんか？」

「だーれがおじさんだ。オレにはグルドっつー立派な名前があるんだぜ。で、どうした？」

「その、色々と事情がありまして」

「事情？　なんだよそりゃあ。悪いが、素性も知らねぇ奴に食わせる飯なんてねぇぞ」

仕方ないので、事情を話す。途中から敬語じゃなくていいと言われたので、そのとおりに話した。

すべてを話し終えると、グルドが崩れ落ちた。滅茶苦茶泣いて、抱きしめられた。失礼だが、ちょっと臭い。

「お、おぉぉっ！　大変だったなぁ、アーク。いくらでも好きなだけ食っていけや！」

大泣きして、俺の背中を叩いてくるグルド。見た目はかなり怖そうで、盗賊の頭とかやってるのかと思ったが……そういうわけではないらしい。

彼が作ってくれた料理を頂くことになった。道中、食べられそうな野草は口にしていたが肉料理は久しぶりだ。

「おい、アーク、何泣いてんだ？」

「え？　別に、泣いてないけど？」

「泣いてんぞ」

……本当だ。知らぬ間に涙がこぼれてきてしまっていたらしい。

俺を人のように扱ってくれた人は、シーア振りだったからだ。けど、彼の優しさがうれしくて泣いただなんて、恥ずかしかった。

「料理がうまかったからだ、久しぶりに食ったなぁ」

「そうかい……。そんで？　おまえこれからどうするんだ」

「……どう、っていってもな。行くあてもないし」

「そうかそうか。つってても、オレだってここにずっといるわけじゃねぇしな……まあ、戦いの基本くらいは教えてやるよ。それで、なんだ……確か冒険者だったか？　そいつにでもなって稼げばいいんじゃないか？」

「……さっきも言っただろ。魔法がないんだからどうしようもねぇんだ」

「まあ、そりゃあそうかもだけど、頑張って鍛えればどうにか生活できる程度にはなれるんじゃねぇか？　この世界の奴は、身体強化とかは誰でも使えるんだろ？」

……確かに、身体強化は基本中の基本。あくまで、動きを補助する程度だ。

「それを鍛えてりゃ、ちょっとはマシになるんじゃないか？」

「けど、身体強化は大したもんじゃないんだぞ？」

「はっ、それがなんだよ？　やってみなきゃわかんねぇだろ？」

それは、そうだけど、さ……強くなれれば、いいんだけどな。

別に誰かに見せるわけでもない。……ただ、才能のあるなしで、馬鹿にされるのは嫌だった。

「グルド……俺に戦いを教えてくれないか」

それを聞いたグルドが俺の頭をぐっとつかみ、ぐしゃぐしゃかきまわしてきた。

「おう、よく言ったな！　そんじゃ、これからよろしくな！」

「……ほ、本当か？」

「おうよ。っていっても、オレもここを空けることはあるけど、そこは勘弁してくれよ」

「いや……助かる。ありがとう」

グルドの顔は怖いが、良い人だ。

彼のような人と会えてよかった。

これから、頑張らないといけないな。せめて、人並みに戦えるくらいの力は身につけてやるんだ。

グルドが笑いながら背中を叩いてくる中で、俺は一つだけあった心残りを思い浮かべていた。

……シーアに別れの挨拶くらいはしておきたかったな。

……あいつはどうせ、気にもしていないんだろうが。

＊

発表会が終わった翌日。

あたしはいつもの通り、アークを呼んだけど、アークは来てくれなかった。

……おかしい。いつもなら、呼べばすぐに来るのだが。まったく、人の言うことを聞けないなんて、お仕置きが必要ね。

あとで食事に付き合ってもらうことを考えながら彼の部屋を訪れたのだが、そこには誰もいなかった。……どういうことかしら。

使用人たちに訊くと、アークが屋敷に戻ってきていないことがわかった。

……まあ、色々あるんでしょうね。貴族の立場を守るのは力だけ——。

その力である魔法がなければ、貴族の立場だって失いかねない。

しばらく、アークは家に戻っているようだ。まあ、色々終わればまた戻ってくるでしょう。

なんたって、あたしの騎士なんだから。

この考えが、甘かった。あたしは、もっと早くに行動しておけばよかった。

それから一か月。彼が家にやってくることはなく、あたしはアークの家であるキルニス家へと向かう。

いい加減、アークを返してほしかった。なんか、あのハゲ親父が、アークを騎士から外したとか寝言を抜かしていた。むかついたので、忍び込んでカツラを捨てておいた。

キルニス家について、あたしは行動したのが遅すぎたのだと気づいた。

そこで知ったのは、すでにアークという人間がその家から抹消されていることであった。

……ここまできて、ようやくあたしはすべてを理解した。

貴族というものは、気に食わない人間を、最初からいなかったことにするほどだったということを。

「アークはどこに行ったのよ?」

あたしはキルニス家の当主である、アークの父を睨みつけながら問う。

彼は心底驚いたような顔で首を傾げていた。

「わかりません、シーアお嬢様。我々も驚いているくらいなんです。シーア様に何も伝えていないとは……まあ、あんな力をもたない息子よりも、どうでしょうか? イケを新たな騎士にするのは? 我が家で一番の才能をもっています。あんな息子よりも役に立ちますよ」

「そんな奴じゃ、アークの代わりにはならないわ」

父とともに笑顔で頭を下げてきたイケとやらは、あたしの言葉に目を見開いていた。

……本当にみんなくだらないのよ。力がどうたら、魔法の力こそすべてだなんだとうるさい。

違う。違うのよ……。あたしが欲しいのは、そんなものじゃない。

「シーア様は、アークに才能があると思い、雇用したのですよね? ですが、実際は力がなかったから解雇したのではありませんか?」

雇用とか、解雇とか、そんな関係じゃないわよ……っ。

「才能がある？　そんなの気にしたことなんてないわよ。一緒にいて楽しい奴だからよ。第一、解雇はうちのハゲが勝手にやったことよ」

「……それはまたご冗談を。あなた様の家こそ、まさに力を重要視しているではありませんか」

ははは、と笑ってきたアークの父を蹴ってから、あたしはその家を去った。

……話が通じない。これ以上ここにいてもアークの情報は得られそうにない。とはいえ、何も調べないのもあれなので、一応使用人に調べるように指示は出しておく。

あたしが騎士にするのは、話があう相手だけだ。

四六時中いることになる相手なら、そういう相手がいいに決まっている。

実際アークは家柄とかそんなの気にしない。接していて、あたしを普通の人として見てくれた。

たぶん、アークはそんなことまるで考えていないのだろうけど。いつもいつも、あたしに興味のかけらも持たないような目で、けどそれをあたしは望んでいたから、モヤモヤして……。

アークはどこか大人びていて、大人たちの言葉にとりあえず従うふりをしてみせる。けど本気で、あたしと仲良くなろうと下手にでたり、あたしに取り入ろうと尻尾をふることも特にない。

たぶん、彼は貴族としては生きにくいだろうな、と思った。けど、だからあたしは気に入った。

……そんなアークだったから、指名してやったのに。

……これからもずっと一緒にいるのだと思っていた――。

こんな世界、最悪だわ。ぶっ壊れてしまえばいいのに。

あの魔法の鏡から、あたしの計画のすべてが狂った。あとで割ってやる。

家へと戻ってきたあたしはすぐに父のもとへと向かう。

「親父、アークについて話をしにきたわ」

「……親父じゃなくて、お父様と呼べと何度言えばわかるんだ」

「何度言ったって親父は親父よ。そんで？　キルニス家がアークを追放したのに、あんたは関わってるの？」

「ああ、そうだ。彼の家は、可愛いシーアの騎士になるにはとてもじゃないが身分不相応だからね。実力があればまだあれだけど、彼の場合は実力だってないんだ」

だから、あたしが行動に出る前にアークの行方をわからなくしたのだ。

「あっそ……最悪」

「それに、だ。アークだってこのまま貴族を続けるのは彼のためにもならないだろう。実力がないのに、キミの騎士を続けていたってね。どうせ周りに潰されていたよ。いや、彼の性格ではきっと実力があってもキミの騎士なんて立場は無理だろうね。もう少し、貴族らしくなったらどうだシーア。さすがに、わがままがすぎるよ」

「それがあたしなんだから別にいいでしょ。母さんみたいにあっちこっち笑顔振りまいて、心労でぶっ倒れろって言いたいの？」

「母さんは別にそれが原因じゃない」

「どうだか」

あたしはこの人が嫌いだ。だから、彼の希望は何も聞かない。

父を睨みつけて自室へと戻る。それから、静かになった部屋でため息をつく。

やることがない。今までは暇な時間が好きだった。だって、アークを呼べば一緒にいられたから。

……一日が長い。アークが来てからはこんなことはなかったのに。

一人になったら、色々と考えが浮かんできてしまった。

アークはどうして、あたしのところに「助けて」って言いに来てくれなかったんだろうか。

家を追い出されたって、あたしがいくらでも助けられたのに。騎士は無理でも、使用人として、ずっと傍にいてもらうことだってできたはずだ。

なのに、どうして――。なんで、なのよ。

ぽたぽた、とあたしの手の甲が濡れた。

……涙だ。あたしは泣いていた。

……アークがいなくなっただけなのに。それだけなのに――。

目をごしごしとこする。こんな姿を誰かに見せたくはなかった。

時間が経って、ようやく少し落ち着けた。落ち着くと、今度は別の考えが浮かんできてしまった。

アークがあたしに助けを求めてこなかった理由――それは、本当は自分と一緒にいたくなかったのではないだろうか。

大人たちがこれ幸いとアークを外し、別の騎士を勧めてきたように、アークもまた、この機会を利用して、あたしの元から離れたんじゃないかしら。

……そんなことはありえないわ。あたしは、可愛いんだし、家の権力は凄《すさ》まじい。こんな子に仕えられるなら――普通の貴族なら、喜ぶわよね。けど、普通の男なら絶対嫌がるはずよ。

そしてあたしが求めたアークは、普通の貴族じゃなかった。

あたし、わがままで、それに、意地悪なことも言っちゃう。

昔から、自分に迫ってくる人が多く、そいつらが虫けらにみえていたために、そんな態度をとるようになってしまったんだ。

アークに対しては、そんな気持ちで伝えたことはない。彼に対してだけは、ただただ冗談を言うような気持ちだった。それこそ、仲の良い友人に接するように――友人以上のつもりで。

アークは嫌だったのかしら？　……そう、よね。嫌に決まっているわよね。

しばらく部屋に引きこもり、あたしはアークのことを考えていた。けど、アークともう会えるわけじゃない。

……それに、あたしにだって原因はあるかもしれない。見つけ出して、「おまえのところに帰りたくない」といわれたら、たぶんあたし首をつる。

だから、アークを捜すことはやめた。一緒にいたい気持ちはある。

……けど、それがアークにとって嫌だという可能性が少しでもあるのなら、あたしはアークを捜さない。……あたしが弱いから、彼に真実を聞くだけの自信がなかった。

……きっとあたしは素直にはなれないから。アークと出会ったら、また彼のやさしさに甘えてしまうだろう。

アークの行方がわからなくなってから一年がたち、あたしは外に出るようになった。

さすがに、いつまでも引きこもっているわけにはいかない。元気になったように、見せかけた。

けれど、決して他者を近づけることはしなかった。前以上に、あたしは人との距離をあけるようになったと思う。

家の評判とかあたしはもう本当にどうでもよかった。

そんな生活を四年ほど続け、十五歳になった日。父に呼び出された。

父は非常に怒った顔をしているが、それはあたしも同じだろう。

「いい加減、自分の騎士を決めたらどうだ」

父がにらみつけるように言ってくる。

我が家は何人もの力ある人間を生み出している家だ。……ただ、あたしには戦えるだけの魔法の力はなかった。それでも、家の立場を利用すれば、優秀な騎士をつけ、それなりの成果を残せるだろう。

父としても、その成果を残し、あたしの将来の結婚相手などを選んでいこうと考えているはずだ。はっきりいって、将来なんてどうでもよい。あたしにとって、父は大嫌いな人間だからだ。

彼が真っ先にアークを否定したからだ。

「そうね」

「話を聞いているのか?」

「わかったわよ、探してみるわよ。ただ、あたしが目で見て自分なりに納得できる相手以外は絶対に嫌よ」

「……そうか。それなら、何人か候補は挙げている。実際に会ってみるといい」

父が見せた写真には、何人もの男が写っていた。それはまるで、お見合いでもしているような感じだった。

かたっぱしから否定していった。別に父のメンツをつぶすためにとかではなく、ただただ、興味がなかったのだ。

……そうやって色々な人と会っていく中で、わかったのだ。

ああ。あたしはアークに惚れてしまっていたのかもしれない。彼と話している間は時間を忘れられた。なぜか、胸が温かくなって、自然に笑えた。アークが笑えばあたしも嬉しくって、アークと一緒にいられるだけで幸せだった。

出会ったときなのか、騎士にしてからなのかはわからないけど、たぶん好きなんだ。

あたしはアーク以外に一緒にいて楽しいと思える人間はいなかった。

父の用意した男たちが終わったところで、あたしは旅をするようになった。護衛をつけることもあったが、馬車を抜けだしたりして、とにかく一人で自由な時間を楽しんだ。

……またどこかで出会えたら、そのときは素直になれるのだろうか？

――たぶん無理ね。あたしってそういう人間じゃないし。

揺れていた馬車が止まり、あたしは読んでいた本を閉じた。護衛の兵士が扉をあけ、あたしは、久しぶりの大地で背筋を伸ばした。

「お嬢様、ここがリフィル村です」

「ふーん、本当田舎ね」

「そうですね。この近くに、グルドというかなり強い男が暮らしているらしいです」

「それが、あたしの騎士候補？」

「はい」

風の噂で聞いた強者の話。あたしは自分の騎士を探すふりをしながら、旅を続けていた。家でじっとしているよりは、楽しめたから。

第二章　鍛え続けた無能者、最強に至る

六年ほどが経過した。

あれから、俺は身体強化魔法だけをひたすらに鍛え続けた。

この森から外に出ていないので、どれくらい強くなったのかはわからないが、生活できる程度にはなった。

もうここでなら、一人で生活できるくらいにはな。どうせ、外に出ても他人に迷惑をかけるだけだろうし、俺はここで一生を過ごす予定だった。

……人と関わるのも大変だからな。ここでなら、そういうことをあまり気にしなくても済む。

小屋がノックされた。……あまり、というのは時々近くの村からグルドに用事があって人が訪ねて来るからだ。

ドアを開けると、予想通り、村の人だ。

村長の息子……リアルだ。彼は少し困った顔をしていた。

「アーク……グルドさんはいないのか？」

「あーみたいだな」

　昨日の夜まではいたんだが、また旅にでも出てしまったのだろうか。

「……そうか。それは少し困ったな」

「何かあったのか？」

「……いや、その。村に滞在していたシー……あー、貴族ってわかるか？」

「おまえ、俺をどんだけの田舎者だと思っているんだ」

「いやいや、一応な。まあ、その。貴族の令嬢様が村から消えてしまってね。……お付きの人たちが捜しているんだ」

「それで、グルドに捜してもらおうとしていたってわけか」

「そうなんだ。……まあ、仕方ない。僕たちで捜して――」

「いや、俺が代わりに捜そうか？」

「へ？　えーと……すまない。確かアークは魔法を持っていなかったんだよね？」

「ああ、そうだけど。グルドに教えてもらって魔力を探知するくらいならできるから……とりあえず、森にいないかどうか調べてほしいんだよな？」

「……あ、ああ。グルドさんの探知って魔法じゃなかったのかい？」

「それはわからないけど……俺の場合は、無理やりな探知だからな」

周囲の魔力を意識して呼吸する。自然にある魔力は人間にとって、とても相性がいい。これらを体内に取り込んでいき、その中から不純物を探していく。

人間は呼吸するだけでも魔力を発するからな。自然以外の魔力があれば、それが別の人間の魔力だ。

初めは近場だけだったが、ゆっくりと身体強化とあわせて呼吸の範囲を広げていく。

魔物の魔力は放置し、人間の魔力を探していく。

……あった。

「人間の魔力が一つあったけど、誰か村人が森に入る用事はあるのか？」

「……な、ないね」

「それなら、もしかしたらこの魔力かもな。ちょっと行ってみるか」

「本当に、わかるんだ……凄《すご》い、ね」

「そうなのか？」

「そ、そうだよ！　僕たちそんなことできないよ！」

驚いているようだが、このくらいは普通じゃないだろうか。

俺の探知はそもそも無理やりなものだからな。意識しなければ使えないし、時間はかかるし、正確性に欠ける。微妙すぎる探知なのだ。

「僕も行こう。キミに押し付けるのもね」

「そうか。そんじゃ行くとするか」

小屋から外に出て、俺は地面をけりつける。近くの木に跳び移った。

「リアル、どうしたんだ？　早く魔法で強化してついてきてくれないか？」

「できないよ！　ていうかアーク今のは何!?　魔法持ってないんじゃないのか？」

「へ？　い、いや……別に身体強化を使っただけだけど」

「なんだその身体強化は！　おかしいよ!?」

「……おかしい？」

そういえば、村の人たちの前で魔法を使ったのは初めてだったな。

俺がある程度戦えるのがバレると、村人に頼られてしまうかもしれないというわけで、グルドが気をきかせて隠してくれていた。

俺が一人でひっそりと生きられるように、な。まあ、俺はそこまで気にしたことはないんだけど。嫌なら、嫌と断るだけだし。

「けど、みんなこのくらいはできるんじゃないか？」

固有魔法の所持者は、身体能力が大きく向上する。さらに、固有魔法を発動する際に、身体強化以上の肉体強化が可能なんだそうだ。

だから、身体強化をわざわざ鍛える人間はいない。てっきり、リアルも固有魔法を使って身体強化をしてから一緒に移動するんだと思っていたが、違うのか？

「できないよ！　僕の固有魔法による強化を見てみるかい!?　どうだ!?」

彼は魔法を発動した。ぴょんぴょんと跳ねているが、それでも二メートルほどの跳躍か？

というか、彼の体内の魔力の動きだけでも、あまりにもお粗末なものなのがわかった。

「……本気でやってるのか？」

「やってるよ！」

……嘘、マジで？

けど、グルドは俺の身体強化がおかしいなんて何も言っていなかったぞ？

まだ、なんともいえない。リアルがたまたま固有魔法による身体強化を苦手としているのかもしれない。

「とりあえず……一緒に行くか」

俺はリアルをお姫様抱っこして、木に跳び移って移動していく。

「……アーク、僕を軽々持ち上げて、それで運ぶなんて普通じゃないんだよ？」

「そうなんだな」

それはたぶん、リアルの固有魔法による強化が微妙なだけなんだと思う。

魔力が動くほうへと移動していく。

それにしても、グルドはどこに行っているのやら。最初の一年くらいは一緒にいることが多かったが、最近はよく出かけている。

いびきはうるさいし、体臭も最近増してきたからいないほうが気楽なんだけどな。出かけるときは、行き先くらいは残しておいてほしいものだ。

「……ん？　リアル、まずい……魔物が人間の近くにいる！」

魔力が増えた。人間の発する魔力量が増えている。つまり、呼吸が荒くなったというわけだ。……戦闘？　じゃないな。荒い呼吸程度の増加量だ。……魔物の魔力も増えている。

貴族が、魔物から逃げているというところだろう。

「なんだって!?　急がないと、僕のことはいいから早く令嬢のところにっ！」

「いや、身体強化を60％にまで引き上げる！」

「ろ、60％……？」

言ったとおり60％まで引き上げる。

それによって、木から木への移動速度があがる。

「……あ、アークなにを言っているのかさっぱりなんだけど？」

「いや、身体強化による強化具合のことなんだが」

「それが60％ってことかい？」

「ああ。普段使用していないときを０％としてな。俺は問題なく使用できるのが１００％までで、それ以上は体に負担がかかるんだよ」

「……いまが、60％。僕を担いでいたときは？」

「20％だ」

「あ、あれで……!?　や、やっぱり君の身体強化はおかしいよ！」

知らん。今は追い付くのが先だ。しばらく移動すると、人と魔物が向き合っているのが見えた。

「令嬢だ！」

「よし、ビンゴ！」

俺は着地と同時に、魔物の背後へ移動する。魔物が振り返るより先に、背中に拳を叩きこむ。

魔物は一瞬だけ体が震え、そのまま倒れた。もう動かないだろう。今の一撃で、仕留めたはずだ。

「森最強のベアウルフを一撃で——!?」

リアルが驚愕の声をあげている。……確かに、倒れた魔物を見るとベアウルフだった。

オオカミのような顔をした魔物だ。この森で一番強いのだが、森の魔物自体が弱いからな。

ここにいる魔物はだいたい一撃だ。

俺は軽く息を吐きながら、座り込んでいる令嬢を見た。

貴族の令嬢はほっとしたように息を吐いている。美しい桃色の髪を左右に縛っていた。どこか見覚えのある顔だ。

「し、シーア様ご無事ですか!?」

し、シーア……っ!?　その言葉に驚き、俺は思わず女性の顔をじっと見る。

確かにシーアが成長したらこんな感じかもしれない。仏頂面で倒れたベアウルフを睨むシーア。

それは昔、よく周りに向けていた表情に似ていた。

ぱんぱんとスカートについた汚れを払う。その姿は、庭で一緒に遊んだときと同じような動きをしていた。

――ああ、全部。全部、シーアだ。

俺の全細胞が彼女をシーアと断定する。途端、体の奥底から感情があふれ出す。少し手を伸ばせば、彼女に届く。だが、俺はその伸びかけた腕を止めた。

今の俺と彼女には、何の関係もない。……俺はただの平民で、彼女は国の誰もが羨む上級貴族だ。決して、声をかけることは許されない。今こうして、隣にいるだけでも奇跡のようなものだ。

リアルと話していたシーアがこちらを見てきた。

俺はあれこれと考えていた心を見抜かれたくなく、視線を外した。

間にいたリアルが困ったように口を開いた。

「ど、どうされましたかシーア様？」

「い、いえ……なんでもないわ。……助かったわ、ありがとう」

偽物か？　シーアが素直に感謝するなんて……。

いや、ただ単に成長したのかもしれない。だとすれば、嬉しいような少し寂しいような……。

「とにかく、よかったです。ここは危険ですから、村に戻りましょう」

「そうね……そちらの、方は？」

「彼はこの森で暮らしているアー――」

「アルク、だ」

俺は反射的に名前を偽って名乗る。彼女は、気づかないかもしれない。

けど、アークとはいいたくなかった。

……シーアとの再会は嬉しかった。泣いて喜ぶほどのものだ。

けど――怖かった。シーアはもしかしたら、俺を本当は嫌っていたのかもしれない。

彼女の心は俺にはわからない。再会を喜ぶ以上に、怖かった。

だったら、無関係を装ってしまえば気が楽だった。

ベアウルフを倒した俺たちは、まっすぐ森の外へと向かっていた。

その途中、シーアが隣に並んだ。

「さっきのあなた……一体どんな魔法を使ったの？　ベアウルフを殴って倒していたわよね？」

「いやいや。俺は魔法なんて使ってないよ。さっきのは身体強化だって」

俺の言葉にシーアが目を見開いた。

「ただの、身体強化……本当に？　おかしいくらいに強いわね」

「そうなのか？」

「ええ、それなら、固有魔法による強化はもっと凄いのかしら？」

「……あ、ああ。まあ、そうかもな」

ここで、固有魔法は持っていないとは言えない。

リアルに何も言うな、と視線で制しながら答える。

「というか、俺の身体強化なんて固有魔法使いの人たちと比べたら微妙なものじゃないのか？」

「あんな風に動けるレベルの人なんて、数えるほどだと思うわよ？」

「そうなのか？　けど、俺の師匠はもっと強いし」

「……師匠？　それって、もしかしてグルド？」

「あ、ああ」

その瞬間、シーアが驚いたように目を見開いた。

……やっぱり、俺の身体強化は普通じゃないのか？　グルド、どうなってるんだよ？

しばらく俺たちは適当に話をしていく。

そうしながらも、俺はシーアを盗みみた。

彼女の名前はシーア・リシェールだそうだ。

つまり、彼女は紛れもない、俺の初恋の相手なのだ。

……ていうか、今も普通に好きなんだが。

彼女とこうして話しているだけで、心がどきどきする。隣にいて、愛想笑いでも浮かべてくれるだけで、たまらないくらい幸せだった。時々、シーアと目が合うと、心臓が跳ねた。

しばらく歩いていると、リアルも話題が思いつかなくなったのか、沈黙が場を支配する。

俺は口を閉ざすしかない。下手なことといって、シーアに疑われるのは嫌だった。

リアルが何か話題ない？　と目で訴えかけてくる。

いやいやそれを俺に聞くか？　もう森で暮らして長いんだ。人との距離の取り方なんて忘れたぞ。

……仕方ない、学生時代を思い出してみようか。やべぇ、シーアにこき使われた記憶しかねぇ。

横目でちらと見ると、シーアと目があった。

「なにかしら？」

「いや、なんでもない」

それにしても、本当に可愛い……。昔のシーアも可愛かったが、今はその何十倍という可愛さだ。

俺の脳よ。何か気の利いた会話を思いついてはくれないか？

ダメそうだ、まったく何もわからん。強化を１００％まであげる。めっちゃ疲れただけで何も思い浮かばなかった。

「あなたってどうしてこの森で暮らしているの？」

「まあ、その……あんまり人と関わりたくなくてな」

「なんでまた？」

「人間と関わるのって面倒だろ？」

……それに、少し怖い。悪意を散々ぶつけられてきた。……だったら、初めから一人でいたほうが気楽だ。

「確かに面倒ね」

「それを貴族様が言っていいのかよ？」

「あら、そうね。なら今のは聞かなかったことにしておきなさい」

「忘れられる気がしねぇよ」

「忘れなさい」

「へいへい」

そう返事をしていると、シーアがこちらをじっと見てきた。

「どうした？」

「いえ、なんでもないわ。少し、昔を思い出しただけよ」

ふっと笑ったシーアの笑顔は、なんだか悲しそうに見えた。その表情の意味はわからなかった。

しばらく歩いていくと、シーアから声をかけてきた。

「あたしが村に来ていた理由ってわかる？」

「知らねぇな。それに、なぜか森にいた理由もな」

「森にいたのは迷子よ。村にいた理由は、あたしのパートナーを探していたからよ」

「……パートナー」

「ええ、そうよ。リシェール家の女性はみな騎士——じゃなくてパートナーを任命し、身の回りの世話を任せるのよ。それを探しに来たの」

「……へぇ」

「ついでに、旅人《トラベラー》として、仕事してもらう相手ね」

久しぶりに聞いたな旅人《トラベラー》。

「旅人は知っているかしら？」

「聞いたことはある、な。ただ、もう長いこと森で暮らしているから、俺の知っている旅人と変わっているかもな」

「そう変化しているものでもないわ。ただ、そうね。誤解もあるだろうから、簡単に話してあげるわ」

「ああ、頼む」

「この世界に残っている魔力について、知っているかしら？」

「ああ」

人々は当然のように魔力を消費しているが、これらは使えば使うだけ、世界から減っていく。

人間は空気中の魔力を取り込み、それを体内で自分の肉体にあった魔力に変換して、魔法を使っている。

要するに、空気中の魔力が枯渇すれば、魔力の供給ができなくなるため、魔法が使えなくなる可能性があった。

それらをシーアに伝えると、彼女は満足げにうなずいた。

「ええ、そうよ。今のペースで魔法を使い続ければ、あと五十年ほどで魔力がなくなって、魔力をエネルギー源にしているものが使えなくなるわ」

俺たちの日々の生活を支える魔道具も、燃料は魔力だ。

あと、五十年か。

「魔力を回収するために、旅人がいるんだもんな」

「ええ、そうよ」

この世には、いくつもの並行世界がある。そして、並行世界にいる人々は、自ら魔力を生み出せるのだ。

魔力が生まれる瞬間、それは人々が幸せを感じたときだ。だから旅人たちは、並行世界へと行き、その世界でもっとも魔力を生み出せる存在を見つけ出し、その人を笑顔にする。

そうすることで、大量の魔力が生み出される。旅人は生み出された魔力を魔石に回収し、この世界に持ち帰るというわけだ。

……よく、知っている。昔、俺が貴族の家にいたときは、そんな旅人になるために毎日鍛錬をつんでいたんだ。

並行世界で、魔力を生み出す存在の願いを叶えるには、多くの場合戦闘が関わってきた。

ある魔物を討伐したい、強くなり、俺と戦ってほしい――などなど。そういった事情があるため、この国では強い魔法、珍しい魔法の所持者が優遇されがちだ。

「あたしも、旅人として仕事をする必要があるわ。だから、あたしのパートナーを探しているってわけ」

「……騎士ってさっき言いかけていたよな？」

「ええ、そうね。……あたしの騎士は昔に死んだの。彼以外を騎士にするつもりはないのよ。だから、パートナー」

死んだ、か。そういったシーアの表情は、何を考えているのかわからない冷たい表情だった。

何も言えずにいると、森の出口、リフィル村までの街道が見えた。

「あれがあなたの家？」

「……ああ、まあな。ここでグルドと暮らしてる。俺の父親なんだ」

「そうなのね。まあ、グルドはいいわ。今はあなたに少しだけ、興味が湧いたわ」

「俺に？　なんだ？」

「あなたをパートナーにしたいと思ったわ。気楽にやれそうだし」

そんな、シーアの言葉に昔を思い出していた。頭をがつんと殴りつけられたような気分だった。

「そりゃあうれしいが、俺は――」

返事に迷った。今の俺は実力に申し分ない？

本当にそうなのだろうか？　みんなはあれこれ言っているが、俺は本当に強くなれたのか？

旅人として仕事をしていくとしたら、命に関わることもあるんだ。

旅人が、並行世界から戻ってこなくなった、なんていう話はたくさん聞いたことがある。

シーアが死ぬかもしれない……そんなのは絶対に嫌だ。

彼女の隣にいたい。けど、俺のそんな想いのために、彼女を危険な目にあわせたくはなかった。

「……ここで生きていくつもりだ」

俺の返答に、リアルが驚いたように目を見開いた。

「……あ、アルクいいのか？　シーア様のパートナーっていえば――」

「リアル、だったかしら？　余計なことを言うのはやめてくれない？」

シーアはきっとリアルを睨みつけた。昔から、彼女は権力とかそういう話題が嫌いだったからな。

リアルが「申し訳ありません」と慌てた様子で頭を下げていた。シーアは俺を見て、首を振った。

「考えが変わったら、村にきてちょうだい。まだしばらくいるわ」

「……ああ、まあ、考えておくよ」

シーアとリアルが去っていく背中を見送った。

何の魔法も持たない、この世界でもっとも弱い人間。だから、無能者と呼ばれていた。

身体強化はかなりのものらしいが、所詮固有魔法は持っていない。

俺は上着で隠すように身に着けていたネックレスを取り出し、握りしめる。

……偽名、適当すぎたな。やることもなくなったので、小屋に戻る。

普段なら苦戦することのない魔力操作の訓練も、今日だけはうまくできない。

原因はあの女だ。シーアめ、なんでまたこんなところで出会ってしまうのだろうか。

あいつは本当に、勝手な奴だ。勝手で……だけど、やっぱり、俺は彼女のことが好きなんだと思った。

まだ村にいる、か。

あー、くそ。考えがまとまらん。飯でも探しに行ってくるか。

外に出ると、かなり時間がたっていることに気づいた。

まだ昼くらいだと思っていたが、夕陽が森に差し込んでいる。どんだけ悩んでいたんだ俺……。女々しくて泣けてくるぜ。

どこにいこうか、と考えているとこちらに何かが近づいてくるのがわかった。

木々をかきわけるように転がり込んできたのはリアルだ。

朝あったときとはまるで違う。彼の身に着けていた衣服は、何かと戦った後なのか、ところどころ破けていた。

「大丈夫かリアル!?」

「あ、アーク……む、村に魔族が……っ」

「な、なんだって……!?」

魔族といえば、並行世界で旅人を襲うという人型の魔物のような存在だ。人間よりもはるかに強い魔法を使うため、恐れられている。

「た、頼む……アーク。村を、守って……くれ……」

リアルの頼みに俺は口を結ぶ。

果たして俺に魔族と戦えるだけの力があるかはわからない。だが、大切な友人が頼ってきたのに、見捨てるつもりはなかった。どこまでできるかはわからないが、やれるだけをやるしかない。

「……わかった！　おまえは小屋で休んでろ！」

「す、すまない……」

俺はすぐさま森を飛び出し、村へと向かう。

村には、シーアもいるはずだ。村のことも心配だったが、一度シーアのことを考えたらそれで頭一杯だ。

無事でいてくれ、シーアっ！

森を抜けたところで、村から煙が上がっていることに気づいた。俺は周囲の魔力をかき集めるように呼吸し、魔力を探る。

心臓が飛び跳ねたかと思った。これまで感じたことのないような特大の魔力が一つあり、頬が引きつる。

これが、魔族か。怯《ひる》んでいる場合ではない。俺はすぐさま、村へと駆け出した。

村に着いたが、あちこちに魔物がいた。冒険者や村人たちが魔物と戦っている。

まさに今、魔物に襲われていた村人に近づき、その魔物を蹴り飛ばした。

「大丈夫か!?」

「あ、アーク……？　こ、こんなときにどうしたんだ？」

「助けに来たんだ！　シーアはどこにいる!?」

「し、シーア様は屋敷のほうに、いるはずだ……」

がくり、と村人が倒れた。どうやら、意識を失ったようだ。

……屋敷、か。そちらにシーアの魔力が感じられる。魔族もまた、そちらに向かっているようだ。

村も心配だったが、今はシーアを優先させてもらう。

一息吸って、俺は跳躍する。家の屋根を伝うようにして、領主邸である屋敷へと一気に向かう。

領主邸の庭では、シーアの護衛と思われる私兵が倒れていた。

倒れた私兵たちの間をゆっくりと魔族が歩いていた。その先には、杖を持ったシーアがいる。

シーアを守るように二人の兵士が剣を構えていた。

俺は一度そこで呼吸を整える。身体強化を高め、隙をうかがう。

兵士たちが剣を構えながら、シーアを後退させている。シーアはしかし、逃げる様子はない。

シーアは魔族に向けて、杖を構えていた。

あれが、魔族か。黒い翼、槍のように鋭い尻尾、頭には鬼のような角が生えていた。

「いい加減、抵抗するなよ雑魚が。さっさとこっちにこい、女」

「シーア様、お逃げください！」

「……嫌よ。もう、守られるだけなのは、嫌なのよ」

シーアが声をあげ、魔力を練り上げる。兵士たちは、顔を顰めながら魔族へととびかかる。

「邪魔だ、雑魚が！」

魔族が叫び、片手をあげる。魔力が爆発すると、兵士たちが吹き飛ばされる。

それを見た魔族が笑っていた。大きな隙だった。

身体強化を80％にまで引き上げると同時、跳躍する。

魔族の背中が見えた。それとほぼ同時に、魔族がこちらを振り返る。

その両目は驚きに染まっていた。俺は、ありったけの力を込め、その背中を蹴りつけた。

「ぶぼ!?」

悲鳴とともに大地を転がる魔族。硬いな……まるで鉄の塊でも蹴ったような感触だ。

「大丈夫か、シーア!?」

声を張り上げ、シーアを見やる。

彼女は驚いたようにこちらを見て、口元をわずかに緩めた。

「ええ、助かったわ。……それにしても、どうしてここに？」

「リアルが来たんだよ。ま、それでな」

「へぇ、そう。それにしても、たいして縁のない女を助けるためにこんなところに来てくれるなんて、あんたかなりのお人よしね」

「まあな、いい人なんだよ俺は」

そりゃあ好きな女を助けるのは当然だろう。そんな恥ずかしいことは口には絶対出せないが。

俺が蹴り飛ばした男は、よろよろと体を起こしていた。

「き、貴様……こ、この口、ロフト様に、何をしやがった！」

ロフトと名乗った男は、肌を真っ赤にそめ、プルプルと震えていた。

かなり、短気のようだ。冷静さをかいてくれるのなら、戦いやすくていい。

「ただ、蹴り飛ばしただけよ。随分と弱いのね、あなた。それで、伝説の魔族？　コスプレなんじゃないかしら？」

「き、貴様……っ！　たかが、人間の女の癖に、馬鹿に、馬鹿にしやがって……っ！」

「シーア。あんまり煽《あお》るな」

「あら、倒してくれるんじゃないの？」

「やるの俺なのね」

「任せたわよ」

気づけば、シーアは俺の背後に移動していた。

……まあいい。久しぶりに、シーアの元気そうな顔が見られてよかった。

俺は身体強化を80％に維持したまま、ロフトをにらみつける。

「それで、どうするんだ？　コスプレ魔族？」

「なめるなよ！」

俺が片手を向けると、ロフトは咆哮のあと、地面を蹴った。

速い。一瞬で距離を詰められたが、俺はかがんで拳をかわす。彼の腕をつかみ、放り投げた。

放り投げたロフトを追うように地面を蹴り、腹に肘を落とす。

地面に落ちた彼の頭をつかみ、叩きつけた。

「ぐあァァ!!　ふざけるな！」

最初は悲鳴。しかし、次には怒りの叫びと変わっていた。

ロフトの尻尾が揺れた。その攻撃を俺は背後にとんでかわす。

ロフトが地面を踏みつけた。

距離をつめると同時、振りぬいてきた彼の一撃を片手で受け止める。

ロフトが力を込めてきたが、それ以上の力で押し返した。

「俺のほうが、力は上みたいだな」

「く、くそが……っ。魔族のオレ様が、力で人間に負けるなんてことはありえねぇ！」

ロフトがさらに力を込めてきたが、俺のほうが上だ！

力を入れなおし、ロフトを突き飛ばす。よろめいた彼の体を蹴り飛ばした。

地面を転がり、ロフトが咆哮をあげる。

油断なく見ていると、ロフトは片手を振りぬいた。彼の眼前で強い風が巻き起こり、その空間が切り裂かれる。

……なんだあの黒い渦は？　攻撃を警戒していると、ロフトはその渦へと向かって歩き出す。

「次は、こうはいかんぞ。人間っ。必ず、殺してやるからな！」

「逃げるのか？」

「黙れ！」

ロフトはその空間へと飛びこんだ。……逃げたってことでいいんだよな？

すっかり静かになったそこで、俺は短く息を吐いた。

シーアを守り切れてよかった。本当にそう思うばかりだ。

「あ、アーク……？　おまえ戦えたのか？」

と、村人たちが集まっていた。屋敷に避難していた老人や女性たちだ。

「す、すげぇ……アークが魔族を倒しやがった！」

「あ、ありがとねアーク！　あなたのおかげで、私たち生きてるんだ！」

みんなが嬉しそうに俺の名前を叫んでいる。

やめて！　今の俺アルクだから！

俺がちらとシーアを見ると、彼女は口元を緩めながら、こちらに近づいてきた。

笑顔だ。けど、その笑顔は……怒っているように見えた。

気のせいだよな？　うん、気のせいだ。

「アルク。助かったわ」

アルク、と彼女は強い口調でそう呼んだ。それで、すべてを察してしまった。

「……いつから、気づいていた？」

「最初から」

「……本気か？」

「ええ」

そういってからシーアが顔を近づけてきた。

「……なんで、あのときあたしのパートナーになるって、言わなかったのよ」

その責めるような視線から顔をそらし、俺は頬をかく。

「……自信が、なかったんだよ」

「こんなに強くて？」

「……おまえと別れてから、俺はずっとあの森で暮らしてたんだ。他人と自分の力を比べる機会が、なかった。師匠のグルドは、俺よりも強かったし」

「あたしの騎士が嫌だったわけじゃないのよね？」

「……まあ、その。そう、だな。嫌じゃない。別に、好きってわけでもない、けど」

「……そう」

シーアは俺の首元のネックレスを見て、自身のポケットに手を入れた。

ポケットから取り出されたのは、俺と同じネックレスだ。

「あんたの誕生日に、実は二つ買ってたのよ。おそろいよ」

「……そうだったんだな」

シーアは俺の返答にぶすっとした顔で、こちらを見てきた。

「また、騎士やってくれる？」

「……ああ」

そう答えた瞬間だった。シーアが俺に抱きついてきた。

想像もしない動きだったため、俺は驚くしかなかった。

「残念だったわね。逃げられたと思った？」

「……そうだな。残念だ」

迷ったあげく、俺は軽く彼女の体を抱きとめる。シーアは俺から少し離れ、それから満面の笑みを浮かべた。

「おかえりなさいアーク」

シーアのその言葉に、俺は唇を噛んだ。湧き上がる様々な感情を、ただその一言に込めるように、俺は彼女に笑いかける。

「……ただいま」

これからどうなるのかはわからない。ただ、今は……再会できたことを喜ぼう。

第三章　決意、旅立ち

村を守ったことにより、俺は英雄か何かのように感謝されてしまった。

もともと予定していたシーアのための祭りにも参加することになり、今はまさにその祭りの真っただ中だった。

ぱちぱちと木々のはぜる音を聞きながら、隣にいるシーアを見た。

「あんた、それで勝手にあたしの前を去った謝罪を聞いていないんだけど？」

ぶすっとした顔で、シーアは腕を組んでいる。

「……別に勝手じゃないって。家を追放されたんだから、もうどうしようもなかったんだよ」

「あたしの家にくればよかったじゃない」

「……おまえの家にだって、歓迎してもらえないだろう」

歓迎してくれたとしても、シーアくらいか？　わざわざ、こうしてまた捜し出してくれたんだ。

「ていうか、おまえだって別に俺のことをそこまで気にかけてくれているなんて思ってもなかったし」

「別に気にかけてないのだけど。まったくもって、気にかけてないのだけど？」

「……そうかよ。じゃあ、なんで俺をわざわざ捜しにきたんだよ」

「言ったでしょ。あんたはあたしにとって都合がいいの。ただ、それだけよ」

そりゃあもう冷たい表情で睨みつけてくる。……こいつ。昔から何も変わっちゃいない。

なんで俺はこんな女を好きになってしまったのだろうか。過去の俺をぶん殴りたいね。今もこうして一緒にいるだけで幸せを感じてしまうんだから、きっと俺は変態なんだろう。

「もう一度、確認しておきたいんだけど。あんた、あたしの騎士をまたやってくれるのよね？」

「俺で、大丈夫なのか？　俺は身体強化こそ使えるけど、固有魔法は持ってないんだぞ？」

「魔族倒しておいてそれを言うの？」

「……よくわかんねぇんだよ、今の俺の力がな。もしも、おまえを守り切れなかったら、嫌なんだよ」

俺の言葉にシーアは目を見開いていた。そこで、気づいた。今の発言はシーアを心配しての発言だ。ま、まずい。俺の気持ちに気づかれたか!?

「あなたねぇ……あなたが撃退したあいつって魔族よ？　どうして、こんな場所に現れたのかわからないけど……あいつを撃退できる人間なんて世の中探しても、かなり少ないわよ？」

「……そうなのか。俺の師匠は、それでも今の俺よりも強いと思うぞ？」

「そうなの……ね」

グルドはたぶん、今の俺の全力よりも強いと思う。自分がどのくらい成長しているのかわからないのは、グルドとしか戦ってこなかったのも原因の一つだ。

「……あなたの師匠もたいがい化け物よねぇ。けど、グルドって名前、冒険者とかで聞いたこともないのよね……。それだけの力を持っているのなら、国に関わる仕事をしていてもおかしくないと思うのだけど」

そうか。考えるように顎に手をやるシーアはとても可愛らしいが、俺はそれ以上何も言わなかった。

「まあ、どちらにせよ。俺は身体強化しか使えないんだよ」

「しか、っていうけどね、あなたの、身体強化はおかしいのよ。……あなたみたいに魔法が使えない奴なんて今までいなかったでしょ？　あっ、ちなみにあれからも発見されてないから、まさに希少な存在ね」

「わざわざ教えてくれなくていいんだけど。泣いていいか？」

「泣き散らせばいいじゃない。笑ってあげるわ。ていうか、話をそらさないで」

理不尽すぎない？　そらしたのおまえじゃん。

けど、こんなやり取りも懐かしくて心地良さを感じているのも事実だ。悔しい。

「あなたみたいに、今まで身体強化を使いまくった人はいないのよ。何か理由があるのかもしれないけど、例えば固有魔法は成人を迎えるまでの間に伸びていくでしょう？」

「そうだな」

「何より、魔法の使い方次第では普通の身体強化よりも優れた体になるし。あんたみたいに、わざわざ身体強化を使い続けるような人なんてまずいない」

それは、俺もそう思う。びしっと、シーアが俺を指さす。

「みんな自分が持つ魔法を鍛えていくんだから、あんたのような例外が生まれたのかもしれないわ。すでに、あんたの身体強化は、一つの固有魔法として誇れるものになっているのよ」

「……そう、なのか？」

「もちろん、固有魔法の検査には引っかからないんだろうけど」

「あげて落とすのはやめてくれませんか？」

「いいじゃない。特別って感じで」

本気で思っているのかこいつは。

ふざけた調子で笑っているシーアだったが、じっと火を見ていた。

俺もその視線につられるようにそちらを見ている。

と、俺の左手がぎゅっと握られた。みれば、シーアが掴んでいる。火に照らされた彼女の頬はどこか紅潮しているようだ。俺の手を握る彼女の左手は、震えているように感じた。

「改めて……お願いします。あたしの騎士になってくれませんか？」

照れたような、それともからかうような？　そんな笑顔だ。

わからない、彼女の真意はわからないが……あまりにも美しく、可愛らしい。

俺はこみあげてきた感情を必死に抑えこみ、内心で叫ぶ。

ずるい、この女ずるい！　うるうるとした目でそんなことを言われて、断れるわけがない……っ。

こいつ、本当に俺の本心に気づいていないのか？　実は気づいて利用されているんじゃないだろうか。俺の返答はもちろん決まっている。それでも、少しだけ悩んでいる様子を見せるしかない。

即答して、シーアに興味を持っている、と勘違いさせるわけにはいかない。

それがせめてもの俺の抵抗だった。

「……わかったよ。わかった。降参だ。おまえの奴隷に戻ってやるよ」

「……本当ね？　そう、よかったわ」

彼女はそれこそ、心からほっとしたような息を吐く。演技のうまい奴だ。

ていうか、そんなに俺は気に入られていたのか？　確かに口では色々言っていたが、命令はすべて守って、せっせと召使いしてたからな……。

あの日々が戻ってくると思うと、ちょっと大変そうだが、シーアの隣にいられるならそれでいいか。シーアがぱんっと手を鳴らして立ちあがる。

「とりあえず、明日には村を出ましょうか。そもそも、この村にきた理由も、パートナー探しだし。終わったなら、帰っても問題ないわ」

そういえばそんなことを話していたな。ただ、明日になるというのであれば、グルドにいつ話をするか、だ。

「……明日、か」

「いや、グルドにどう伝えようかと思ってな。今家を空けているみたいだし」

「……そう。確かにあたしからもお礼を伝えておきたいわね。いつ頃戻るとかはわかるのかしら？」

「いや、どうだろうな。もともと適当な人だからな」

「あなたに言われるってよっぽどね。……ただ、あたしもできるかぎり早めに戻っておきたいのよねぇ。あなたのことを家族たちに納得してもらえるまで時間かかりそうだし」

「……まあ、グルドはいいや。これから屋敷に戻るんだろ？」

「ええ、そうね」

「場所とか書いた手紙を残しておけば、グルドから会いに来るだろうしな。またあとで、時間ができてから戻ってきたっていいんだし」

とりあえずの方針は決まった。

それにしても、説得か。うまく終わってくれればいいんだが。シーアの父親も俺のこと大っ嫌いだからな。

「アーク、今日も小屋で休むの？」

「ああ。荷物をまとめたいし、小屋に戻る。もしかしたら、グルドもいるかもしれないしな」

「……そうね。明日、また迎えに行くから、必ずいなさいよ」

どうやら、勝手にいなくなったことを相当恨んでいるようだ。

「ああ、わかった。それじゃあまた明日な」

「ええ。また明日。朝早くに迎えに行くから準備しておきなさいよ」

シーアと別れるのは少しだけ名残惜しかったが、そんなことを口にするわけにはいかない。

俺が小屋に戻ると、明かりがついていた。グルド、戻ってきてたのか。

「ただいま、グルド」

「おう、アーク。なんだ？　村のほうが騒がしかったが、何かあったのか？」

「貴族の来訪を祝う祭りが開かれてたんだよ。グルドはどこ行ってたんだよ？」

「ははは、南のほうでうまい魚が食える店があるって聞いたもんでな。ちょっと食いたくなって行ってきたんだよ！」

……こいつめ。グルドがいれば、もっと簡単に魔族を追い払えただろう。

まあ、村人に怪我人こそでたが、死者はいなかったのだからいいか。

「グルド、大事な話があるんだ」

「なんだ？」

「……俺、ちょっと旅に出たいんだ」

「そうか。頑張れよ」

……いや、まあそうなんだけど。あっさりしすぎだ。

「何か言ってほしいのか？」

「……別にそういうわけじゃないけど。聞かないのか？」

「おまえの決意した顔みりゃ、何かあったんだろうなってのはわかるっての。何年一緒に暮らしてると思ってんだ？」

「……そう、だな」

「頑張れよ。何があってもな」

「……ああ」

グルドが笑顔とともに俺の頭を叩いた。

素直にグルドに感謝の気持ちを伝えるのは照れ臭い。

いつか、口に出して伝えられればいいんだけど、きっと、グルドは素直な気持ちを伝えればわかってくるはずだ。

だから、今は――心の中だけで伝えよう。

……ありがとう、これまで育ててくれて。

「アーク、もう出発の時間か？」

次の日の朝。シーアは話していた通り、朝早くに小屋へと訪れてきた。おつきの兵士たちも、ぞろぞろと連れている。

眠そうに眼をこすっているグルドに俺はうなずく。

「……ああ、色々世話になったよ。今度戻ってくるときは土産でも持ってくる」

「そうか。ま、次に戻ってくるときは楽しい話を聞かせてくれよ」

グルドがにやりと笑った。……初めてあったときは、何も楽しい話はできなかったな。

「ああ、わかってる」

「グルド、さんですね」

俺たちの様子を窺《うかが》っていたシーアがグルドに声をかける。

「おう。そうだ」

「はじめまして、シーア・リシェールと申します。急な話で申し訳ありませんが、彼をあたしの騎士にしようと、考えております」

「おう、好きに連れて行ってくれ。決めるのはこいつだからな」

ぽんぽん、とグルドが頭を叩いてくる。俺はそれが煩わしくて、手で払い落とす。

子ども扱いするなっての。そんな俺を見てか、シーアが笑っている。

「わかりました。それでは、お借りします」

「おう、よろしくな。襲われそうになったら言ってくれよ？　ぶっ飛ばしてやるからさ」

「ええ、お願いするわ」

「しねぇよ、んなこと」

俺がきっと否定すると、シーアは目元に手をやり、ぐすぐすと泣いてみせた。

「あたしに魅力がないということかしら」

「ああ、まったく興味ねぇよ」

めっちゃあります。だからこそ、絶対襲うなんてことはしない。

シーアが小さくため息をつき、馬車のほうに歩き出す。リシェール家に仕えている兵士たちも、俺たちの歩みにあわせ移動する。

馬車に乗り込んで、最後に一度グルドに片手をあげ、俺は息を吐いた。

……グルドは子どもみたいに手を振ってはしゃいでいるな。またそのうち、時間ができたら会いに戻らないとな。

「あの人があなたの父親ね」

「ああ、大事な家族だ。それで、これから、どのくらいでお前の家につくんだ？」

「そうねぇ、いくつかの街を経由するから……一週間くらいかしら？」

「家についてからはどうするんだ？」

「とにかく……まずは親父に挨拶をするわ。……どうやって紹介しようかしら」

「恋人ですって言ったらどうだ?」

「やってみる?」

「まだ死にたくねぇな」

俺は彼女の父親によく思われていないからな。マジで死にかねない。

「親父の奴、あんたのことが気に食わなかったのよね。家柄は微妙だし、魔法なんて持ってないんだしね」

「家柄は……どうしようもないが、今はそれなりに強いんだろ?　いまいち実感がわかないが」

「ええ、強いわ。そこはそのうち嫌でもわかるわよ。ただ、それでもあの親父だと色々問題があるのよね」

「そうか。なんだ、とうとう禿《は》げたか」

「それはもうとっくよ」

どんまい親父さん。

「あの馬鹿親父……頑固なのよねぇ」

「ばっちり遺伝してるな」

「ぶん殴られたいかしら?　あんたのことを才能のない無能者って真っ先に広めて、騎士をやめさせたのはあのハゲ親父なのよ」

「ハゲ親父って言ってやるなよ。可哀そうだ」

「そうね。あのハゲはあんたのことを最後まで認めていないのよ。……ってことは、どんなに力をつけても、アークのことを騎士と認めてくれないかもしれないわ」

「……頑固、だからか？」

「ええ、そうよ。あいつは自分がアークの才能を見抜けなかったことを認めるわけがない。あんたがどれだけの力をつけたとしても、あんたを騎士にしてくれるはずがないわ」

「兵士たちだって魔族と戦っているんだし、彼らに俺のことを伝えてもらうのはどうだ？」

「信じるはずないわよ。自分の部下だとしても……アーク関係になるととたんに視野が狭くなるのよ、あいつ」

「じゃあ八方ふさがりだな。よし、帰るか？」

「それも一つの手かもしれないわね。家を出たらあんたが養ってくれるのよね？」

「あ、ああ、もちろんだ」

あれ、これで解決じゃないか？　そうは思ったのだが、彼女の表情は冴えない。

俺と一緒は嫌ですか。泣きそうだ。顔には一切出さない。

「母さんがいなかったら、それもありっちゃありなんだけどね」

「……そうか、あの人を放りだすのはな」

彼女の父は俺を敵視していたが、彼女の母は俺にもまるで実の息子にでも接するように優しくしてくれた。

……たぶん、家に男の子がいなかったのも一つの理由だろう。

とても優しい人なのだが、その反動とばかりに体が弱い人だった。俺も好きな人だ。もちろん、シーアの次ではあるが。

「まあ、そういうわけで。あたしも仕方なく家の発展に協力はしたいのよ。母さんのためだけに、だけど」

「俺もそうだな。……けど、それじゃあどうするんだ？　頑固な親父を説得するいい手段があるのか？」

「ええ、あたしの小さい頃のあだ名って知っているかしら？」

「わがまま姫か？」

「天才」

「自称か？」

「他称よ」

「その天才様が思いついた作戦はなんだよ」

「あんた、屋敷についたら屋敷の兵士たち全員ぶっ飛ばしなさい」

「とても天才が考えた作戦とは思えないんだけど」

シーアが明るく笑う。可愛いし、その作戦でいっか！

予定より少し早く、街についた。馬車が街を移動していく。リシェール家の家紋がついていることの馬車には、多くの視線が集まっていた。中から外は見えるが、外から中は見えないような造りとなっているので、驚いたような人たちの姿が良く見えた。

中央にある旅人学園を中心に街は造られていったらしい。街を歩く人は学生が多く、何より俺が知っている田舎と違い、ずいぶんと発展していた。

「……初めて見る街だな。確か、並行世界で発展している世界とかはこんくらいの科学力があったよな？」

「ええそうね。並行世界で得た技術を再現しているのが、この街よ。今はまだ実験的な部分が多いけれど、中々うまくいっているわね」

「だから、実験都市トラベラー、か」

街並みは随分と綺麗だった。通りは、石を敷き詰めたものではなく、アスファルトによって作られたものらしい。

「中央区画であれば、自動車の行き来も行われているわ。まだまだ、自動車の開発がうまくいっていないから、難しい部分もあるみたいだけど」

「……ああ、さっきの箱みたいなやつか。馬車の代わりなんだよな？」

「ええ、そうよ。って、そのくらいはあんたも見たことあるんじゃない？」

「……話で聞いたことがあるくらいだ。まさか、五年でこんなに技術が発展しているなんて思ってもいなかったな」

「あたしたちだって同じくらい成長したじゃない。時間というのは、人を育てるのよ」

そうだな。けど、シーアの胸は……五年前とそう変わらないように見える。ちょっとだけ、大きくなったか？

「なに？」

シーアが首を傾げている。大丈夫、シーアは胸がなくてもそんなのまるで気にならないほどカワイイ。

「街の観光はまた後にしましょう。今は、屋敷についてからよ。あんたには全員倒してもらう必要があるんだから、頑張りなさいよ」

「……それで納得してくれるのかよ」

「大丈夫に決まっているわ。さすがに半殺しにした兵士を並べたら、親父だって納得するでしょ。同じようにはなりたくないでしょ？　ってね」

「それ脅しじゃね？」

「結果が大事なのよ。じゃ、行くわよ」

シーアが楽しそうに笑って、腕をあげた。作戦はかなりお粗末な気がしたが、可愛いからいいか。

シーアの家であるリシェール邸にきていた。といっても、ここは学園に通うために作っただけであり、本邸は別にある。ここは別荘みたいなもんらしい。

ただ、本邸ではないのにサイズは、さすが国内でも二番目の権力を持つ家だ。そこらの貴族なんて目が飛び出すほどの屋敷だ。

馬車からおりて、しばらく屋敷を見ていると、出迎えに現れた兵士がじっと俺を見てきた。

「し、シーア様……そちらの方は？」

ぶしつけな視線が向けられる。シーアは俺のほうをちらとみて、見せつけるように胸をはる。

「喜びなさい。あたしの騎士が決まったのよ。ほら、自己紹介しなさい」

「……アークです。よろしく」

「そういうわけだから、あんた通しなさい」

屋敷の入り口をふさぐ兵士を、シーアは睨みつけた。シーアの迫力に負けた兵士が、道を譲っていたのだが、

「お、お嬢様がとうとう騎士を連れて来たのか……でも、アーク？　それって確か、前にお嬢様の騎士を務めていた……奴と同じ名前だったはず」

兵士の横を過ぎたとき、あっと短く声をあげた。それから彼は俺の肩をつかんできた。

振り返ると、兵士は馬鹿にした笑みを浮かべていた。

「おまえもしかして、発表会で魔法なしの無能者扱いされたアークじゃないか？　貴族の家を追放されたっていう……前代未聞の雑魚の」

「アーク、あんた雑魚みたいじゃない」

「そりゃあな。魔法がねぇんだからそうだろうよ」

くすくす、とシーアが笑っている。ていうか、俺そんなに有名人だったんだな。

シーアの旅に同行していた兵士が慌てた様子で俺に絡んできた兵士に声をかけているが、彼は聞く耳をもたない。

「シーア様。オレたちは、もしもアークが屋敷に泣きついてきたら、追い返すように言われていたんですよ」

「それってアークが追放されたときの話よね？　もう時効でしょう」

「いえ、一生なんですよ。まさか、シーア様がまたこいつを連れてくるとは思っていませんでしたが、当主からの命令なんで、文句はそちらに言ってくださいね」

兵士が力を込め、俺の体を突き飛ばしてきた。俺はとりあえず素直に突き飛ばされておいた。

ちらと見ると、シーアがサドな笑顔とともに、声をあげる。めっちゃ楽しそうだあいつ。

「アーク、やっちゃいなさい」

「本当にいいのか？」

「こうなったら、まずは全員に自己紹介をしてまわったほうがいいと思うわ」

物騒な自己紹介だことで。

「どういう意味ですか、シーア様」

兵士が首をかしげている。そりゃそうだろうな。

「簡単な話よ。アークを追い出すっていうのなら、アークは力ずくで通り抜けるだけよ。それだけの力をアークは持っているわ。アーク、腸《はらわた》引きずり出してやりなさい！」

何を物騒なことを言っているんだ。そこまでやるつもりはまったくない。

俺は身体強化を行いながら、兵士を見る。先に、伝えておこうか。

「俺は本気でおまえを倒すつもりだ。だから、最初から全力で来いよ」

「……貴様。無能者のくせに、いい度胸だな。固有魔法を持っていないんだろう？」

「ああ、使えるのは身体強化くらいだな」

「く……ははっ！　身体強化か！」

笑われるのも無理はない。

身体強化の利点といえば、使用する魔力がごくわずかということくらいだ。俺のような魔力変換効率が悪く、魔力の少ない者でも長時間使えるが、その強化はあまりよくない……らしい、な。

まあ、魔力に関してはもう克服している。身体強化で十分に補えるからな。

兵士は高笑いをして、完全に油断している。

油断させるのも立派な戦法だ、……さて、俺の力がどこまで通用するのか。

シーアは俺が強いといっていた。あとは、シーアを信じるしかない。

魔法使いと戦ったことがないので、どのくらい戦えるのか、正直いってわからない。

……けど、いまさらあとには引けない。シーアの騎士をやるために、力を示し続けるしかない。

兵士が片手をあげると、彼の足元に魔法陣が浮かびあがる。

兵士は顔を真っ赤にしている。バカにされたことが頭にきているようだ。

……隙、だらけだな。彼は魔法に集中している。……俺をなめ腐っている証拠だ。

魔法使いの基本は近接しての殴り合い。その隙に自分の魔法を叩きこむ。

……彼らは魔法を発動することで、基本魔法の身体強化よりも、はるかに優秀な強化を得られるらしい。

……俺ができることは、その魔法を避けて殴るか、放たれる前に殴るか、どっちかだけだ！

先に仕掛けさせてもらう。80％まで引き上げる。皮膚を破ってきそうなほどに全身を魔力が満たしている。

大地を蹴りつけ、兵士の懐へと入る。彼の驚いたような目と目があった。

「おらっ！」

拳を振りぬくと、彼の鎧にめり込む。兵士の顔は驚きに見開かれていた。

ばきっと、何かが砕け散る音がして、兵士が吹き飛んだ。

……え？

今のをかわさないのか？　グルドはあれを片手で受け止めてカウンターで殴ってくる。

だから、その後の動きを想定していたのだが……どうなっている？

「あ、あんた……そんなに怒ってたの？」

「グルドはあんなの軽くかわすんだよ！　想定外だ！」

まずい！　殴り飛ばした兵士が壁に突き刺さってる！　俺は急いで彼を助け出す。虫の息である。

「し、シーアやべぇ！　人殺しになる！」

「ま、待ってなさい！　埋めればどうにかなるわ！」

「誰も死体の隠し場所を探したいんじゃねぇ！　誰か治癒魔法の使い手はいないのか!?」

「ええ、あたしよ」

「おまえに人を癒すような魔法が使えたんだな！　頼む！」

「なんていう物言いかしらね。まったく、はい」

よし、俺の体を襲っていた疲労感が消えた。治癒魔法って便利だな。って、俺かい！

「こっちだシーア！」

「これでアークが強いって認めるかしら？」

かんかん、とシーアが何度か蹴りを放つ。

兵士はかすれた声で、「は、はぃぃ」と言っている。こいつ鬼か。

「シーア、早く魔法使ってやらないとマジで死にそうなんだけど」

「わかってるわよ。ただ、あたしの魔法って滅茶苦茶発動までに時間がかかるのよ。もう少し待ってなさい」

たぶん、兵士との戦闘前に、一つ準備していたんだろう。ただ、それを俺に使ったと。

それから三分ほどが経ってから、シーアが魔法を放った。

兵士のボロボロだった肉体と鎧が再生した。兵士は体を起こしてすぐ、俺から距離をあけた。

「それで、アークを追い返すっていう話だけど、どうすんの？」

「は、はいっ！　し、知りません！　お、俺は知りません！　みませんでした！」

彼は顔を青ざめさせたまま、こちらを見ていた。

すっかり、おびえられてしまったようだ。シーアはとても満足そうであるが、俺としては複雑な気持ちだ。そこまでやるつもりはなかったんだがな。

「そう、利口で助かったわ。それとアーク。次からあんたはもうちょっと加減してやりなさいよ。あたしの手を煩わせないでほしいわね」

「……まだ、やるのか？」

「兵士に自己紹介して、無能者扱いした奴をボコボコにしていくの。あなたのことを誤解されたままなのは、あたしが許せないのよ」

「なんだ、俺のこと大好きかよ」

「はぁ？　んなわけないでしょうがっ。例えばあなたがペットを飼っていたとするわね。自分にとって大事なその子がいじめられていたらどうよ？」

「嫌な気分になるな。……ペット？」

「そういうことよ。だから、まずは屋敷の人間から評価を改めてもらうわよ」

……こいつ、魔王か何かか？　悪い笑顔を浮かべる彼女の話も、まあ納得できなくはない。

シーアの言う通り、全力を使って戦うのは、強敵だけにしよう。

そこまで使用しなくても、どうにかなりそうだ。それから、どんどん兵士を倒していく。

そして、ある部屋にたどり着いた。シーアがその部屋をノックする。

「……誰だ？　シーアか？」

シーアと呼んだときの声は柔らかなものだった。

俺の前にいたシーアがこくりとうなずき、彼女は扉を蹴り開ける。

スカートが舞う。俺は思わずのぞき込みたくなったが、60％の身体強化で押さえつける。あぶねぇあぶねぇ。そこで80％まで使用して、一瞬でのぞいてまた元の位置に戻ればよかったんじゃないか、という考えが脳裏をよぎってしまった。いけない脳みそめ。

目を見開いたのはシーアの父であり、リシェール家当主のスパイト・リシェールだ。

シーアは髪をかきあげ、中へと入っていく。

スパイトは軽い嘆息をつき、彼女を睨んだ。彼にかきあげられる髪はない。ただ、一本。最後の一本だけが残っていて、ゆらゆらと揺れている。

「シーア、もう少しおしとやかにしなさいと何度言えばわかるんだ。……それに、そっちの男は？」

「あたしの騎士よ」

「……騎士？　とても騎士にふさわしい家柄の人間とは思えないが」

服をみていったのだろう。確かに今の俺はそこらの村人と変わらない服装だ。

「家柄じゃないでしょ。ようはあたしを守りぬく力があるかどうかでしょ？」

「それなら、別に強そうにもみえないが」

「アーク、ほら見せてあげなさい」

「アーク？」

彼女の父がその名前を聞いたとたんに嫌そうな顔をする。そんなスパイトに、俺は途中で倒してきた兵士たちを部屋に放り込んでみせた。全員、この廊下まで運んできたのだ。

……基本的に倒したあと、俺のことを認めた相手はすべてシーアが治療していたが、認めなかった場合はそのままなのだ。シーアがそうしたほうがいいと言った。

その数十人ほど。

俺が全員を部屋に運ぶと、スパイトが顔をしかめた。

「これは何の遊びだ？　おまえたちも、そんな奴に構っていないで仕事をしたらどうだ？」

スパイトの声が鋭い。そんなスパイトをみて、シーアはたいそう楽しそうである。

「全員、アークがボコボコにしてやったのよ」

「そうか。彼を牢屋にぶちこんだほうがいいな」

当然の反応だな。

「やってみたらいいじゃない。その牢屋もぶっこわしてやるわよ」

やるの俺なんだろ？

スパイトは眉間をもみながら、シーアと俺を交互にみた。

「アーク、というのはなんだ。まさか……まさかと思うが、彼は昔シーアが騎士にしていた無能者と同一人物じゃないだろうな」

「その同一人物よ」

一瞬だけスパイトは目を見開いた。それから息を吐き、首を振った。

「……まだ生きていたんだな。それは運がよかったが、いまさらそいつを連れてきて、どうしたんだ？　固有魔法にでも目覚めたのか？」

「目覚めてはいないわ」

「なら、騎士にはできない。キミを守れるだけの力を持っている相手、なおかつそれなりの家柄じゃないとダメに決まっているだろう。リシェール家には格というものがあるんだから」

「確かに今のアークは平民で、おまけに平民の中でも最底辺よ。家を持たない、職もないくそみたいな人間だわ」

泣くぞ。これだけ戦えれば、家に戻ろうとすれば戻れるかもしれない。

ただ、良いように使われるのはごめんだ。

「けどね、アークはここにいる誰よりも強いわよ。もちろん、あなたよりもね」

あなた、と実の父に人差し指を突き付ける。スパイトはその言葉に笑っていた。かつて、旅人として優秀だったスパイト……加齢によって衰えが出始め、引退こそしたが、その実力は誰もが認めるものだろう。

「この無能者が!?　面白くない冗談だ。固有魔法を使えない者が、どうやって魔法使いに勝てるというんだ？　この世界で魔法が使えない生物は、そこらへんにいる虫くらいのものだ。つまり、彼は人間以下のゴミくずというわけだ」

「アークは馬鹿にしたっていいわ。けど、虫を馬鹿にするんじゃないわよ。あいつらだって生きているのよ」

それつまり、俺が虫以下であることは何も変わっていないんじゃないでしょうか。お嬢様！　否定するならそっちをして！

「とにかくだ。馬鹿なことはやめなさい、シーア。兵士たち。さっさと彼をつまみだせ」

スパイトがそういって鈴を鳴らす。それは魔道具の一つで、屋敷内にある鈴がなるようになっている。それを聞きつけたのだろう、ぞろぞろと兵士が集まってきた。

「どうされましたか、当主！　ひぃっ！」

現れた三人の兵士たちは、俺を見て悲鳴をあげる。俺が気さくに片手をあげると、彼らはその動きでまた震えた。挨拶しただけなんだが、殴られるとでも思ったのだろうか。

「兵士たち！　さっさと、この男をつまみ出せ」

兵士たちの表情が露骨に引きつった。

今この屋敷にいる兵士たちは全員、俺と戦い、敗北を認めたものたちだ。

「恨むなら、仕えている主を恨むのね。やりなさい、アーク」

「……気が進まないんですが」

「落ち込んだままでもやれるでしょ」

相変わらず強引なお嬢様だな。

まあ、そっちのほうが手っ取り早いだろう。領主をぶん殴って認めさせるのも一つの手段だろうが、こっちから仕掛けるのはまずいんじゃないだろうか。……今更な気がする。

兵士たちが剣を構える。先ほど戦っているからか、俺に近接攻撃しかないことは理解しているようだ。ただ、剣先は震えている。

三人のうち、二名が剣を向けながら魔法を構える。一人が囮《おとり》だろう、剣を持ってとびかかってくる。

「う、うわあああ！」

なんでもうやられるの前提の悲鳴なの？　滅茶苦茶おびえている彼の片手をつかみ、床にたたきつける。

動きが俺よりも遅い。魔法を練り上げていたようだが、それで兵士は気を失っている。

後ろ二人の兵士たちが慌てた様子で後退していく。もう一人に近づき、拳を振りぬく。60％で加減したとはいえ、それでも彼は泡を吹きながら、倒れた。

もう一人、廊下側に逃げた彼が剣を振り下ろすと、俺へと魔法が飛んできた。風の刃だ。……仕方ない、受けるしかないだろう。

俺は１００％まで一時的に引き上げた肉体でその一撃を殴る。魔法が炸裂すると同時、風の刃が消えた。

俺の手には傷一つない。もうちょっと被害がでるかもと思ったが、案外どうにかなるものだな。

「う、うわぁぁぁ！」

兵士は戦闘の継続をやめ、逃げ出した。魔法を発動しているからか、動きは軽やかだった。

それを追いかけるまではしなくてもいいだろう。

俺がちらと視線を向けると、スパイトは目を見開いていた。

「まあ、こんな感じだな」

「あ、ありえない……まさか、固有魔法に目覚めたのか？」

「さっきも言いましたよね、お父様。俺は今も昔も無能者ですよお父様」

「誰がお父様だっ、殺すぞ！」

「冗談です。そんなに怒らないでください。……身体強化を鍛えたら今くらい戦えるようになったんです」

俺が正直にいうと、スパイトは目を見開いた。

「あ、ありえない……固有魔法使いが、たかが、身体強化如きに負けるなんて……」

「考えが古いわね。固有魔法がなくたって強くなれるってことでしょ？　アークはそれを証明してくれたの。柔軟に物事を考えないと、これからの時代についていけないわよ？　時代は常に揺れ動くの。あなたのその最後に残された髪だって風が吹けば揺れるでしょ？　それと同じよ」

「……み、認められるわけが、ないだろう。だれもが使える身体強化を鍛えれば、そっちのほうが強い、だと……？　そんなの……世界の常識が覆るぞ！」

だんっと、スパイトは机を叩いた。確かにスパイトの言う通りだな。

今は貴重な固有魔法が発見されることが重要視されている。

だが、それよりも身体強化を鍛えたほうが強いとなれば、遺伝やら相性やら考えていたのがすべて無駄になる。そこで、俺は天才的な考えに至ってしまう。

……つまり、俺がシーアと結婚できる可能性もある？

い、いや、結婚は早いぞ俺。まずは付き合うところからじゃないか。

まあ、そもそもだ。身体強化を鍛え続けて強くなれる可能性はまだ確定したことではない。あくまで、俺だけ例外だったのかもしれない。たまたま、身体強化に適性とかがあったのかもしれない。

ただ俺は――もしもそれができるのなら、俺のような魔法に恵まれなかった子たちを救いたいと思った。

そのためにも、シーアの騎士になって、単純な力だけではなく、社会的な力を手に入れたいとも思った。

スパイトは唇をかみながら、俺を睨みつけてくる。

「貴様のような、才能のない者がこの世界で生きていけるわけがない！　貴様のような、魔法を持たない者が強くなれるなんて、あってはいけない！　私は認めないぞ！」

怒鳴ってきたスパイトが素早く杖を取り出し、こちらへと向けてくる。

「ここで、死ぬがいい！」

スパイトが声を張り上げると同時、俺のほうに雷が放たれた。

ジグザグを描いて襲い掛かる雷だが、あくまで雷と似た性質をしているだけの別物だ。

実際の雷より遅い。目で見て追えるからな。俺はその攻撃をかわしながら、スパイトの懐に拳を振りぬいた。

スパイトはむせながら後退する。腹に手をあて、こちらを睨んでいる。

今までなら、これで倒せていたがさすがはスパイトか。分厚い脂肪が一撃を防いだか。

昔はリシェール家として家を引っ張っていった才能を持つ男だったはずだ。衰えたとはいえそれでもまだこれだけの力を持っているのか。

シーアがむせているスパイトの前にたち、腕を組んで見下ろす。

「無能者、無能者って馬鹿にするけど……それに負けたあんたはなんなのよ？」

「くっ……まだだ、まだ終わっていない！」

スパイトが立ち上がり、その体に雷をまとう。

速い！　だが、俺は80％まで身体強化を引き上げ、攻撃をかわす。

スパイトが追いかけてくる。……さすがに、リシェール家の当主というだけあって、強い。昔は有名な旅人だった、はずだ。

「私の魔法外装を超えられるわけがないっ！」

魔法外装……固有魔法使いの奥義とでも言おうか。魔法を己の体にまとわせ、すべてを強化する技だ。

彼は雷を全身にまとい、摑みかかってくる。動きもまるで雷のように素早い。

だが、見えた。時間をかけるのもな。

俺は一瞬だけ、身体強化を１００％に引き上げる。痛みが僅かに肉体を襲ったが、それを無視して、スパイトの懐に入る。

そして、拳を振りぬく。スパイトがよろめきながら、俺を睨みつけてきた。

「く、そ……っ！」

スパイトが最後とばかりに飛びかかってきた。しかし、さっきよりも遅い。

体力の限界が来ているのだろう。俺はその背後にまわり、とんと背中を押した。

あっけなく倒れたスパイトは息を乱しながら、座り込んでいた。……彼が全盛期だったら、まだ戦闘は続いていただろう。

その両目は鋭くこちらをにらんでいたが、シーアが立ちふさがった。

「これで完全敗北ね。親父。これだけ強いのだから、あたしの騎士にしてもかまわないでしょ？」

シーアの言葉に、スパイトは壊れたように笑った。だらっと体を投げ出すように座った。

「……は、ははは、はっ。構わない、構わないぞ。だ、だがな、学園の試験をどう突破するつもりだ？魔法の力を持たないおまえのような人間など！　魔法の検査で落とされる！　突破できなければ、シーアと同じ学園に通えないのだから、騎士だってダメに決まっている、バーカ！　バーカ！」

「権力があるじゃない」

「ダメ！」

スパイトは泣きながら両手でバツを作った。ダメて……。

「まあ、試験を突破すればいいのよね。それはどうとでもやってやるわよ。とりあえず、アークを家に置くわね。アーク、ほら来なさい」

「……これからよろしくお願いします、お父様」

「おまえをシーアの騎士と、私は認めんからな」

スパイトがべーっと舌を出して叫ぶ。シーアはたいそう楽しそうな顔だ。

……大丈夫か、俺。

シーアに連れられ、使用人たちにも挨拶をする。何人かは、昔仲良かった使用人もいて、普通に喜ばれた。

特に使用人たちとは仲がよかったのもあって、スムーズだった。みんな俺を歓迎してくれて、単純に嬉しかった。

とりあえず、以前のように俺はこの屋敷で暮らせるようになった。

部屋はシーアの隣……以前使っていたその部屋は、当時から何も変わっていなかった。

「昔のまま、なのよここは。……あんたがいつか戻ってくるかもと思ってたから」

「……そうなんだな」

そこまで考えていてくれたのか。シーアは意外と物を大事にしてくれるお嬢様のようだ。

「ま、今のあんたにはこのベッドとかも小さいから、全部合わせておくわね。それじゃあ、これからよろしくアーク」

「ああ、よろしく」

「まずは、親父が言っていたとおりに、あたしと同じ学園に通うために、試験を受けてもらうわ」

「……旅人学園だろ？　筆記試験はあるのか？」

「もちろん。筆記と実技よ。頑張りなさいね」

……とりあえず、次の目標は入学試験を突破することか。

一難去ってまた一難、か。けどまあ……俺はもうシーアの騎士だ。

騎士として、情けない姿は見せられない。

第四章　試験勉強とご褒美

次の日から早速勉強開始だ。

実技は良いとして、筆記が問題だ。そのため、今日から毎日シーアに教えてもらうことになっていた。

シーアは気分を出すために、というわけで眼鏡をかけている。人差し指で桃色の髪先を指にからめている。

「まず、学園について話をしましょうか」

「ああ」

「あたしが通っている学園は、世界でトップレベルの旅人学園よ。他の国からも留学生がたくさんいて……まさに将来を期待されている旅人たちの集まり。勉学はもちろん、肉体的な強さも必要よ」

「そんな学園に俺が受かる見込みがあるのか？」

「今のままでは実技はともかく、筆記が無理ね」

「まあ、そりゃあそうだろうな」

「けど確かアーク。昔のあんたって筆記試験の成績良かったわよね？」

「まあ、俺が家で自分の立場を守るにはそれしかなかったからな」

魔力が少なく、家族から常に見下されていた俺は、せめて勉強だけはと頑張ったのだ。

まあ、評価が変わることはなかったので、完全に無駄な努力というわけだ。

「試験は一年で何度かにわけて行われているのだけど、次の試験が最後なのよね。だから、次のに合格しないといけないわ」

「一回限りってか。いつなんだ？」

「一週間後よ」

「一週間……結構無茶じゃないか⁇」

「ええ……けど。天才のあたしが教えるのだから、難しい話ではないわ。あとはあなたが頭に叩き込めるかどうかよ」

シーアが教えてくれるらしい。こんな可愛い家庭教師がいたら集中できるか心配だな。

「……わかったよ。とりあえず、やってみるか」

「試験の過去問はいくつもあるわ。九割取れれば合格で、ほとんど暗記だから難しくはないわ」

暗記ね。

俺はシーアから渡された過去問と答えを見せてもらう。

「どう？　できそう？」

さっぱりわからないのが本音だ。だが、暗記だけでいいのなら――。

俺は身体強化で脳を強化し、過去問の答えと問題を照らし合わせる。

……上から下までを脳内で読み上げてから、俺は過去問をシーアに渡す。

「少し、問題を出してくれないか？」

俺の言葉で、何かを察したようだ。ちょっと頬を引きつらせている。その驚いた顔がまた可愛い。

「……あなた、今見ただけで覚えたっていうの？」

「どのくらい効果があるかわからないが、たぶん、八割は覚えたはずだ」

ただし、脳への疲労は大きいが。

俺はこめかみをもみながら、彼女の出した問題に答えていく。

……学園の試験は、旅人に関する問題ばかりだ。たぶん、これまでの教育機関で習ってきた内容なんだろう。いくつか、聞き覚えがあるものもあった。

彼女が出した問題に、答えとまるまる同じ解答を伝えていく。

問題は１００問ほどあったが、答えられたのは70問だった。

さすがに盛りすぎたな。八割とかいって恥ずかしい……。

「……これなら、学力試験も問題なさそうね」

だが、シーアは俺と違ったことを口にしていた。

「いや、あるだろ。仮に全部の過去問が十割とれたとしても、まったく新しい問題が出てきたらどうしようもないぞ」

「いえ、大丈夫よ。学力試験は誰でも勉強さえすれば、絶対受かるといわれているわ。学園でもっとも厳しいのは実技試験よ。逆にいえば、筆記試験で多少点数が低くても、実技試験で圧倒的成績を残せば、合格自体は可能よ」

シーアはほっとしたように椅子に腰かけている。

けど、だからっていきなり気を抜きすぎだ。彼女はふーと息を吐いて、長い足を組んでいる。み、見えそうだ。もっとこう俺がいるというのを意識してほしいもんだ。

俺をまったく男として意識してくれていないのだろう。嬉しいような、悲しいような。

俺は彼女に監視されながら、必死に勉強していく。

ただ、脳の強化は今までほとんど使わなかったため、結構疲れた。

一回分の過去問を解き終えたら、休憩。また過去問……という繰り返しだ。

試験は一年に四回あるが、そのうちの20問程度は被っている。

だから、問題を解くたび、覚えるものが減っていく。それがちょっと楽しい。昔よりはるかに勉強が簡単だな。

「そういえば、シーア」

ちらと見ると、彼女と目があった。

こいつはずっと俺を見ていて飽きないのだろうか。天使のような微笑みを浮かべている。俺も彼女を一日中見ていられる気がした。

「何かしら」

「固有魔法の検査はどうやって突破するつもりなんだ？」

「一ついい作戦があるわ」

「本当にいい作戦なのか？」

兵士をぶっ飛ばすという作戦を思いついた奴だ。信用ならん。

「当たり前よ。固有魔法の検査なんてそこまで重要視していないの。つまり、受けなくてもそのあとの実技を突破すればどうにでもなるってわけよ」

「……なるほど」

「だから、魔法の検査のときはあなたトイレにでもこもっていればいいんじゃないかしら？」

「ばっくれるってわけか。それで、実技の時間に間にあうように戻ってくるというわけだな？」

「ええ、そういうことよ。あとで検査が必要になったとしても、実技試験で圧倒的成績を残しておけば問題ないわ」

「よし、任せろ」

「問題はその実技試験の内容ね。今年は一体どんな試験が行われるのやら。やりにくいのを引かないことを祈るわね」

実技試験はそのときになるまでわからないか。……って、そんな心配はあとだな。

筆記試験でやばい点数を叩きださないようにするだけだ。

勉強の合間の休憩時間、シーアが答え合わせをするために、隣に座る。

近い。彼女の真面目な横顔につい見とれてしまう。紙と紙を見比べている視線の動きも、いとおしい。これだけで、彼女の騎士に戻れてよかったと思えた。

「ねぇ、アーク」

シーアは手元に視線を向けたまま、口を開いた。俺は慌てて視線をそらした。気づかれて、ないよな？

「なんだ？」

「合格祝いはどうする？」

「気が早くねぇか」

「いいじゃない。そっちのほうがやる気もあがるでしょ？　何か欲しい物はあるのかしら？」

「欲しい物、ねぇ」

あなたが欲しいです。

……なんて言えるかバカ！

何より彼女にそんな態度を見せるわけにはいかん。騎士を辞めさせられてしまう。

「特に思いつかねぇな。森暮らしが長いせいで、物欲がまるでない」

そう返事したときだった。シーアの口元が一瞬ぎゅっと結ばれた。

それはなんだろうか？　何かを決意したような動きだった。

「なら、一緒に……街でも行かない？」

「なんでだ？」

「街にいけば、欲しい物が見つかるかもしれないでしょう。あとは、単純にあたしが街に行きたいのよ。せっかく、荷物持――こほん、失礼、奴隷もできたことだしね」

「扱いがもっと悪くなってるんだけど……」

「あなたは、で……デートだとでも思っていればいいんじゃないかしら？　こんな可愛いご主人様と出かけられる、これで十分ご褒美になるんじゃないかしら？」

「……」

「なんできょろきょろしているのかしら？」

「可愛いご主人様ってのが見当たらなくて……」

「バーカ」

びしっとシーアが拳を振りぬいてきた。加減された一撃を受けながら、俺は口元をぎゅっと結んだ。

あ、あっぶねぇ……っ！　にやっとするところだった！　で、デート！　可愛いご主人様と！

もう最高だ！

それらの高ぶる心を必死に押さえつけた。喜んでいると悟られてはいけないんだ！

ご褒美をもらうためにも、絶対合格しないとな。

買いたいものが見つからなくても、俺にとっては最高の日になりそうだ。

次の問題へと移る。回答している間のシーアは近くのベッドでごろんと寝転がっている。

持ってきた本をぺらぺらとめくっていた。

「見張り役、楽しそうだな」

「ええ、信頼しているわよ」

にこっと笑ってくるのだから、俺もそれ以上は言えない。……都合のいいことを言う奴め。

それにしても、シーアは無防備に肌をさらすような動きをする。

……俺としては嬉しいのだが、まったく異性として意識されていないのはどうだろうか。

「アーク、試験はどう？」

「おかげさまでなんとかなりそうだ」

彼女が用意してくれた過去問。

ただ答えを丸暗記するだけでは、と彼女が試験に関係している教科書なども用意してくれたため、曖昧だった知識がしっかりとしたものになった。

今ならある程度の応用問題が出てきても、答えられる。

「それならよかったわ。それにしても、身体強化の魔法は異常よね。今後のことも考えて色々と調べてみたいものね」

「まあ、国の発展に役立ってくれるというのなら、別にな」

「それなら解剖とかしてみようかしら」

「飛躍しすぎだ」

「アーク、話していたら疲れたわ。マッサージをお願いするわ」

「……俺勉強中なんだけど」

「問題出してあげるわ。マッサージしながらでも答えられるでしょう?」

嫌そうな空気を出しつつ、席を立つ。シーアが背中をさらすようにベッドで横になる。

薄手の服装のせいで、彼女のボディラインがはっきりとわかる。

胸こそ控えめだが、それ以外は世の女性が羨むような体だ。緊張しないわけがない。

マッサージの邪魔にならないよう髪をどけながら、彼女の背中を押していく。

別にマッサージの知識があるわけではない。ただ単に、彼女の背中を押しているだけだ。

それでもシーアは心地よさそうだ。……こっちは彼女の吐息だけでも、体が熱くなる。

大好きな女性の背中に触れているのだ。これで緊張しない男がいるのだろうか。いるのならば、
そいつは男じゃないか、女になれまくっている奴だ。

俺は必死に無表情を保つ。顔には一切出さないようにあくまで、面倒くさそうに押していく。

「あなた、今世の中で一番幸せな立場なのを自覚しているのかしら?」

「奴隷のようにこき使われているんだが？」

「だってあれよ？　あたし、この国で一番美しいって言われているのよ？」

「それを自分でいうなよ」

「あくまで、周りがそう言っていたことを言っているだけよ。そんな幸せな立場をもらえたあなたの今の心境は？」

「最悪だな」

最高です。俺はあくまで、そういう態度でいうと、シーアは一瞬だけ眉間を寄せてからまた枕に顎をのせるように動く。

「不満よ。不満を感じているわ」

「わかりました、お嬢様。今サイコーの気分です」

「棒読みね」

シーアはふんと鼻息荒く足をパタパタと動かしてけりつけてくる。まったく痛みはないが、彼女のそんな駄々をこねるような攻撃は可愛らしい。

……俺だって素直な気持ちを伝えるなら、まさに最高なんだ。

ただ、これはシーアによる罠なのだ。

彼女に気に入られるには、彼女に興味がないというのを示し続けなければならない。

大変だが、そうしていないと隣にいられないんだから仕方ない。

「それにしても、スパイトが静かになったのは意外だったな」

戦ってからは、一切関わってきていないのだ。

「……そうね。もっとなんかこうあからさまな嫌がらせを仕掛けてくるのだと思っていたけれど、驚いたわ」

……やっぱり警戒していたんだな。

しばらく彼女のマッサージに付き合っていると、部屋がノックされた。シーアが声をかけると、メイドが中へと入ってきた。

俺たちを見て、一瞬何かを勘違いしたのか顔を真っ赤にしている。

シーアがあくびまじりに体を起こし、テーブルへと移動する。

メイドはテーブルに飲み物とお菓子をおいて、すぐに部屋を出ていった。

それから、またテスト勉強に戻る。外から夕陽が差しこんできたところで、シーアが背中を伸ばした。

「さて、今日はこのくらいにしておきましょうか。あんまり一気に勉強しても大変でしょ？」

「……そう、だな」

かなり覚えたし、時間もいい具合だ。

「また夕食のときにね。……それと、さっきの街でのデート、ちゃんと考えておきなさい」

「へいへい」

シーアの部屋を出た俺は、自室に戻り、考える。

……シーアとのデート！　どうしよう！

あれこれと考えていると、俺の部屋もノックされる。

やってきたのはメイドだ。

確か、彼女はラフィアというシーア専属のメイドらしい。

「アーク様。勉強お疲れさまでした」

この様付けは慣れないが、立場的には仕方ないんだよな。

「ああ。ありがとう、シーアに聞いたのか？」

「はい。シーア様が何か飲み物でも持っていってあげて、と」

あいつ、変なところで優しさがあるんだよな。

「そろそろ夕食だし、食堂で飲むから準備だけ頼めるか？」

「かしこまりました」

ラフィアとともに部屋を出る。……そこで、ちょっと聞いてみることにした。

「……なあ、シーアと街に出る予定があってな。なんかこう、シーアが楽しめそうなところとか思いつかない？」

「……シーア様が、ですか？　シーア様ほどの立場となると、どこにでも行けてしまいますし
……」

だよな。シーアなら、望めばどこにでも行けるし、なんでも手に入れることができる。

……そんな立場の奴に、一体何をしろと？

「お嬢様とデートですか？」

ラフィアがからかうような調子で口元に手をあてている。

「違うっての。まあ、エスコートしろって感じだったが」

「そうですか。頑張ってくださいねアーク様。我々使用人は、みんな応援していますよ」

「……何の応援だ？」

「まあ、深くは考えず。……単純な話、みんなアーク様が来たことを喜んでいるんです」

「……そうなのか。俺、そんなにみんなに好かれていたってことか？」

「はいっ。もちろんですよ！　だって、アーク様がいればシーア様が我々に無茶ぶりをしてこないんですから！」

「俺は生贄《いけにえ》ですか？」

「いえいえ、そんなことないですよー」

このメイドめ。使用人はご主人様に似るとかあるのだろうか。

試験も大事だが、シーアとのデートも大切だ。

今日も俺はベッドに入り、考えるしかなかった。

試験日の朝。

いつものように朝食を食べていると、スパイトがやってきた。

……珍しいな。シーアはスパイトとは別の時間に食事をしている。俺はそんなシーアと一緒に食事をするため、この家に来てからスパイトと食事をするのは、これが初めてだった。

「今日が試験日だな」

「応援してくれるんですか、ありがとうございます」

「違うわ！　ふん、貴様のような平民の無能者に突破できる試験ではないがな！」

スパイトはそういってこちらを馬鹿にしたように見てくる。

スパイトはそういうが、俺は大丈夫だと思っている。この一週間で散々勉強はしたからな。

今では過去問の範囲なら満点が取れる自信がある。それを知っていたシーアは、勝ち誇ったような笑みを浮かべた。

「まあ、試験結果を楽しみにしていることね」

「ふ、ふん。どうせ受かるはずなどないからな！」

スパイトはシーアの余裕げな顔に少しひるんでいた。

この人は基本こんな感じなんだろう。慣れてきた今、可愛く見えるくらいだぜ。

朝食を終えたところで、少しお腹の調子が悪かった。

トイレにいき、用事をすませてから廊下に出ると、シーアがスパイトの首根っこを捕まえていた。

何やってるんだ？

俺と目があったスパイトが素っ頓狂な声をあげる。

「ば、馬鹿な！　なぜぴんぴんしている！　私が自分に試したときは、二日はトイレから離れられなかったんだぞ!?」

「やっぱり仕込んでるんじゃない！　ぶっ飛ばされたいのバカ親父!?」

「し、しまったっ！」

一体何がどうなっている？

俺がシーアを見ると、

「なんでも、あんたの料理にだけこのハゲが毒を仕込んでいたらしいわ。解毒剤がないと一日二日は寝込むらしいわ」

「ああ、それで腹の調子が悪かったのか。森での生活をしていると、毒を含んだ飯なんて日常茶飯事だからな。グルドも、毒くらいは免疫つければなんとかなるってのが口癖だったし、あのくらいなら問題ねぇな」

俺の言葉に、スパイトが頬をひくつかせていた。

「あんた普通に化け物ね。けど、よかったわ。試験は問題なさそうね」

スパイトが勝ち誇ったように笑っていたのはそういう理由だったんだな。

俺と視線がぶつかるとスパイトはふてくされた顔をしていた。

シーアが俺のほうにカバンを放り投げてきた。

「アーク、頑張ってきなさい」

シーアの笑顔にうなずき、俺は家を飛び出した。

だが、すぐに戻ることになった。

出発してすぐのことだった。軽い気持ちでカバンをあけると、中に受験票が入っていなかったのだ。

そこで気づいたのは、このカバンが偽物だということだった。

誰かが意図的にすり替えたのだ。

こんなことをするのなんて、一人しかいないだろう。

俺が家に戻ると、シーアが驚いたようにこちらを見てきた。

「あんたまだ行ってなかったの!?」

「いや、受験票が入っていなかったんだ……このカバンは偽物だ」

「なんですって……？　まさか、あの親父……っ！」

シーアはすぐに理解したようで、顔をしかめて走り出す。俺もその後を追う。

シーアとともに書斎へと飛び込む。

そこには、スパイトがいた。

その手には、俺のカバンが握られていた。たぶん、本物だ。

「な、なぜここに!?」

「くそ親父、なんでそれを持っているのかしら？」

ばっと彼はそれを背中に隠した。シーアが近づいて睨むと、カバンが俺のほうに飛んできた。

「た、たまたま拾ったんだ！　貴様に渡してやろうと思ってな！　感謝するがいい！」

「あらそう。本当はどうなのかしら？」

「そんなもの、アークが試験を受けられないように隠したに決まっているだろう！　はっはっはっ！　あと五分で試験開始だ！　ここから学園までは、走っても二十分はかかる！　どうしたって間にあわないぞ！」

べーっと舌を出してきた当主をぶん殴りたかったが、シーアが代わりに殴ってくれた。殴るどころの騒ぎじゃない。さすがにシーアを止める。

確かに、時間はもうない。学園の場所はわかっているので、俺は急いで窓へと向かう。

シーアが真剣な顔で顎に手をあてている。

「ごめんなさい。油断していたわ。まさか、カバンをすり替えるなんて……」

「それは俺も同じだ。気にすんな」

あまりにも幼稚すぎる妨害に、完全に気を抜いていた。

今度は受験票があることを確認してから、カバンを担ぎ上げる。

「アーク、大丈夫かしら？」

「……間にあわせるっての。屋根を移動しても、誰にも文句は言われないよな？」

「ええ、大丈夫よ。言われたら親父のせいにしておいて」

「了解！」

「い、いやそれは私の家の――」

スパイトが何かを言ったが、シーアがにらみつけて黙らせる。睨まれたスパイトが体をがたがたと震わせていた。……たぶん、受験票を捨てなかったのは、シーアに本気で怒られるのが嫌だからなのではないだろうか？

俺は窓から外へと飛び出し、壁を蹴りつける。近くの家の屋根へと跳び移り、学園目指してまっすぐに駆けだす。

これなら何とか間にあいそうだ。

学園が見えた。門のところにいた案内の教師の前に跳び降りる。

「まだ、試験に間にあいますか!?」

「うえ!?　い、今どこから来たんだ……っ？」

「それはどうでもいいでしょう。俺は今日の試験を受けに来た、アークです。これ、受験票」

彼にすぐさま受験票を渡すと、教師はそれを掴み慌てた様子で頷いた。

「あ、ああ……ギリギリ大丈夫だね。それじゃあ、試験会場に向かおうか」

……本当にギリギリだったようだ。教師は門をしめ、歩き出す。

「それにしても……キミはシーアさんの新しい騎士だよね？」

じっと上から下までを見てくる。

「……ええ、まあ」

「シーアさん……散々騎士をとるのが嫌と言っていたけど、とうとうとったんだね。これで、スパイト様の心労も少しは減っただろうね」

いや逆に増えたと思います。

俺は心中でそう返事をしながら、教師とともに学園を歩いていく。

……大きな学園だな。教会をさらに巨大にしたような荘厳な建物を、俺は感嘆の息を吐きながら歩いていく。

教師とともに一つの教室についた。

「受験者はこれだけですか？」

「いや、まだまだいるから、いくつかのクラスに分かれて試験を受けてもらう感じだね」

……なるほどな。俺は黒板に貼られた座席表を確認して、席についた。

この教室の担当は俺を案内してくれた教師――ロクロというらしい。

彼が受験に際しての禁止事項や、注意事項をあげていく。それを聞きながら俺は、クラスにいる人たちを眺めた。

年齢は……同い年くらいの子たちだろうか？　もちろん、全員がそうではないのだが、クラスにいる人の半数くらいは同い年だと思えた。

試験を受ける場合の注意事項として、十四から二十歳以下というのがある。固有魔法がもっとも優れた時期らしい。だから、ここにいる子たちもその範囲の子たちなんだろう。

それから、すぐに試験開始となる。

前から順にテスト用紙が配られ、ロクロ先生の合図で試験が始まる。

完璧だ。試験は過去問の組み合わせで作られている。これは五年前の。次は十年前の……その次は……。

そんな感じで問題を解いていくだけだ。何問か、新規の問題もあったが、すべて解けなくても90点以上は取れるようなつくりとなっている。

筆記試験でみるのは、その人間が努力できるかどうかを示すもの、か。

暗記をしっかりできる頭と、頭に叩きこむ努力。この二つがそろっていれば誰でも突破できるというわけだ。

そうして、何度かの休憩をはさみ、午前に三科目の試験を受け、昼休みとなる。

俺はカバンから弁当を取り出す。使用人が用意してくれた弁当なのだが、それをあけたときだった――。

不格好な卵焼きが一つあった。……なんだこれは？　明らかに他のおかずとは格が違うように感じた。気になって真っ先に食べた。……かなり、甘いな。食べられなくはないが、どうにも甘い。使用人でも料理をミスすることはあるのだろうか？　……失敗した料理を弁当箱にぶち込まれた？　まあ、別にいいか。腹に入れば全部同じカロリーだ。

昼食を食べおえた俺が軽く伸びをしていると、教室にロクロ先生が入ってきた。

「今のうちに、手の空いている人から固有魔法の検査を行っていこうと思う」

……想定よりも早くて驚いた。どこかのタイミングで、教室から抜け出さないといけないな。

俺はとりあえず、まだ手が空いていないアピールで、弁当箱を取り出し、食べているふりをすることにした。まずは、様子をうかがうことにした。

暇な生徒から順に、ロクロ先生のもとに行っている。

検査に使っている道具は、あの忌々しい鏡ではない。水晶のようなものだ。

手をかざすと、そこに魔法と魔力量が表示されるようだ。

……魔力量、か。そっちだったら、誤魔化せる。

魔力というのは空気や水に含まれており、飲食や呼吸により体内に吸収される。

しかし、その吸収効率には個人差があり、当然効率の良い人間は魔力量も多くなる。俺はこの効率が悪いため、魔力量が低いと診断されていたのだ。

「あっ、アークくん。暇そうだね」

ロクロ先生がいつの間にか近づいていた。

逃げだすタイミングを失ってしまったようだ。だが、今思いついた作戦ならなんとかなるかもしれない。

俺はその場で何度も呼吸を繰り返し、体内に大量の魔力を吸収する。身体強化を発動し、吸収効率を上げていく。

そのおかげもあり、体内に魔力がどんどんあふれていく。

「それじゃあアークくん、この水晶に手をかざしてもらってもいいかな？」

「わかり、ました」

今も断続的に呼吸を繰り返す。そして、手をかざした。水晶に魔力量が表示され――そしてそれは異常な数値を叩きだし、ピキピキと震えだす。

「こ、これは……っ!?」

驚いたようにロクロ先生が水晶を引っ込めようとしたが、それより先に俺の魔力量が水晶を破壊した。

あまりにも多すぎる魔力は、水晶でも検査できない。この一週間で学んだことの一つだ。

「す、凄い魔力だ……っ！　水晶が耐え切れないほどの魔力なんて初めてみたぞ！」

興奮した様子でロクロ先生が叫び、それに同じ受験者たちがざわついた。

「み、見たか……今の」

「あ、ああ……水晶が壊れるだけの魔力だって？」

「い、一体どんな固有魔法を持っているんだよ、やばいだろ！」

……何とか、誤魔化せたようだ。俺は体内にあふれ出した魔力を外に吐き出す。

「……す、凄いねアークくん。さすが、シーアさんの騎士になれただけあるね」

「シーア様の騎士だと!?」

その言葉に、また教室内は騒がしくなる。

「し、シーア様っていえば、あのリシェール家の？」

「だってシーア様って、騎士をとりたくないって……そんな人に認められたのか？」

「……ありえないだろ。どんな化け物なんだよ。俺の兄さん、シーア様の騎士になりたくて頑張っていたんだぞ!?」

シーアの騎士が決まったことは、まだ発表されていない。スパイトが止めているからだ。

それでも、申し込むときにシーアがあたしの騎士、って書いていたから、教師は全員知っているようだ。

シーアとしてはどんどん情報を広めていきたいそうだ。既成事実みたいなものだ。スパイトが認めなくても、周りを認めさせてしまえばいいというわけだ。

「あ、アークくん。キミの固有魔法を聞いてもいいかな？」

「まあ、それは……午後の実技での楽しみってことにしませんか？」

「うーん、まあこれだけ魔力があればそれもいいかもしれないね。わかった、そういうことにしようか」

あくまでこれは検査で、実技試験の評価に影響するものではない。

……だからこそ、こんな誤魔化し方が通用したのだろう。ほっと胸を撫でおろす。

シーア、第一、第二関門は突破したぞ。あとは、実技試験を突破するだけでよさそうだ。

ロクロ先生は他の子たちの固有魔法を調べに行く。

俺が持っている固有魔法はない。実技試験で結果を出したあとに、それを示すくらいのほうがいいかもしれない。

あと、シーアからは、なるべく強さを強調してこいともいわれている。

周りに、シーアの騎士は凄い、と言わせられるようにということらしい。

同じ受験者たちが、ちらちらとこちらを見てくる。声をかけられる様子はない。……シーアの騎士ということで、みんな一歩離れてしまった感じか。

俺としても、できれば今はあまり自分のことを話したくなかった。

……だって、俺のことって教科書にも載っちゃってたし。

それは歴史の勉強をしていたときだ。

世界初！　固有魔法を持たない人間発見！　みたいな感じで俺の名前は知れ渡っている。

なんと、俺が教科書に載ってからは、「アーク」という名前が使われることがなくなったらしい。

今いるアークという子たちも、かなり改名したとか。不名誉な名前だからだそうだ。

だから、ちょっと警戒していたんだけど、どうやら俺はまだ、無能者のアークとは気づかれていないようだ。

無能者、ねぇ。固有魔法を持たないから無能者、ということだが、いずれはその汚名も晴らしたいものだ。

そんなことを考えていると、昼休みが終わった。

ロクロ先生が教卓に向かい、声を張り上げる。

「それじゃあ、午後からは実技試験を始めます。みんなには校庭に移動してもらうことになります。この教室にはもう戻ってきませんので、荷物をまとめて外にでる準備を整えてください」

俺は荷物をまとめ、ロクロ先生の後を追っていく。

廊下を歩いていくと、ぞろぞろと別のクラスの受験者たちとも合流していく。

……凄い数だな。このうち一体何人が合格できるのか。

旅人学園に入るには、筆記試験で九割。実技は、とにかく実力を示すことが条件だった。

……この実力を示すが難しい。旅人の仕事は、並行世界に行き、魔力を回収することだ。

魔力を回収するには、ほとんどの場合、戦いが関わっていた。

だからこそ、旅人は実力ある者しかなれない。実力至上主義なのは、それが理由だ。

まあ、つまりだ。

実技試験の担当となった試験官を満足させられるだけの力を示せれば、合格というわけだ。

シーアから聞いたが、一人も実技試験を通れなかった日もあるとか。

校庭に出た俺たちは、ロクロ先生から簡単に話を聞く。

実技試験の試験官は全部で五人だ。皆、それなりの実力はあるのだろうが、年齢は三十を超えている。すでに旅人として、一線からは外れている人たちだ。彼らを納得させられるだけの力を示せなければ、旅人としての活躍は難しいだろう。

「それじゃあ、みなさん、試験を開始します。まずは――」

そういって、試験官が受験者と相手していく。

……さすがに二百は超えている人数だ。自分の番まではまだしばらくありそうだ。

あの試験官たちって……強いのか？　見ている限り、そうでもなさそうだが……受験者の誰も攻撃を当てることはできずにいた。

……それとも、今年の受験者のレベルが低いのか？

受験者たちは皆気迫は凄まじい。ここで合格しておかないとまた来年までお預けだからな。

ただ、それだけのやる気もすべて空回りしているようだ。

……ていうか、みんなそうだよな。さすがに、動きが悪すぎる。

誰も固有魔法を使いこなせていないように感じた。魔法に、振り回されているといったところだろうか。

「どうしたどうした！　今日の受験者共は雑魚ばっかりだな！」

試験官が挑発するように叫ぶ。それに、みんなが反応していたが——やはり試験官に傷一つつけられるものはいなかった。

本気で、やっているのか？　試験官もそうだ。とてもじゃないが、あれで一流の旅人と名乗るは難しいだろう。

昔俺がみた旅人は、もっと強かった。

傷さえつけられれば、合格確実、なのではないだろうか？

途中、試験官たちも休憩をはさみつつ、試験は続いていく。

たぶん、申し込みがギリギリだったのもあるだろう。俺はその日最後の人間として、ようやく順番が回ってきた。

「最後は……アークくん！」

「おっ、こいつがアレか……例の、シーアの騎士っていうやつか」

一番威勢のよかった試験官が、にやりと笑う。

「それにしても、アークってまた不吉な名前だな。ん？　そういや確か、あのときシーアの騎士もアークで……」

彼はじっとこちらを見ていた。観察するような彼の視線。まさか気づかれたか？

「……オレはな。シーアの魔法発表会の会場にいたんだよ。自分の弟の魔法がどんなもんかとみるためにな……てめぇ、やっぱりあのときのシーアの騎士をクビになったアークに、似てるな？」

彼の言葉に、周りの人たちもぼそぼそと話していく。

「……そういえば、俺も同じ魔法発表会にいたんだよな」

「確かにあの顔、教科書で見たことある顔と似てるような――」

「た、確かに。成長したらあんな感じのひねくれたような顔になってそう……ってことは……もしかして、あのアークってまさか」

徐々に周りの空気が変わっていく。

まだ確定したわけでもないのに、小馬鹿にしたようなものに、空気が変わる。

それは、試験官たちも同じだ。五人の試験官たちは必死に笑いをかみ殺しているような様子だった。

ロクロ先生だけは、そんな空気を変えようとしてくれたのか、少し厳しめな視線を周囲に向けた。

「まあまあ、そんなことあるはずないでしょう。ね、アークくん」

「まあ、普通はそんな偶然ないですよね」

「ほら、みなさん。勝手な憶測で変なことを言ってはいけません。彼がかわいそ――」

「俺がその無能者のアークですけど」

「な!?」

ロクロ先生が驚いたように声をあげる。俺の宣言を聞いた人たちに、笑いがあふれた。

試験官がくすくすと笑っている。

「お、おい……っ！　固有魔法を持たないお前が、一体どうやって旅人になるつもりだよ！」

「試験を受けて、ですが」

俺の言葉に、彼はくすくすと笑っていた。と、別の試験官が、彼の肩を摑んだ。

「リグル。あんまり、ふざけた真似はやめておけ」

そういう試験官もくすくすと笑っていた。

リグル、と呼ばれた試験官が息を吐き、片手を振った。

「帰りな、無能者。悪いが、学園内でのノーム国の評価はあんまり高くねぇんだよ」

ノーム国。俺やシーアがいるこの国の名前だ。

確か、ここ最近の旅人で、ノーム国から優秀な生徒は出ていなかったのだ。だからこそ、無能者の俺を入れるわけにはいかないらしい。

「まったく、たいした力を持ってないのに、権力だけは強いんだから困るよな、あのお嬢様は。これ以上、お遊びで入学者を入れるわけにはいかないんだよ」

「……お嬢様？」

「戦闘能力皆無のシーアお嬢様だよ。よく知ってんだろ？」

「ああ、知ってるよ」

……そんな評価を受けているとは、知らなかったが。

　シーアは治癒魔法しか持っていない。その回復に関しては、優秀だが、旅人向きの固有魔法ではないため、評価はあまり高くない。

「無能者同士で仲良くやっている分には構わないがな。この国の評価に傷つけさせたくねぇんだよ。だから、さっさと帰りな。おまえなんかのために休日にわざわざ出てきたなんて思ったらイラついてきたぜ」

　しっしっとリグルが追い払うように片手を振る。……俺のことはいくらでも言ってくれて構わないがな。……シーアまで馬鹿にするのなら、さすがに我慢はできない。

「試験の内容は、さっきまでと同じでいいんだよな？」

「あぁ？」

　俺は軽く息を吐き、リグルを睨む。ついでに、他の試験官たちもだ。

　彼らの全力が、今まで見てきたものだというのなら――悪いが、話にならない。

「何がいいてぇんだ？」

「俺が仕えるご主人様を馬鹿にしたやつには仕置きが必要だと思ってな。遊んでやろうと思ったんだよ」

「……仕置き？　遊び？」

「他の試験官たちも思ってるんだろ？　全員でかかってきてくれても構わないぞ」

　俺の安い挑発は、しかし彼らには効果があったようだ。

そりゃあそうか。彼らからすれば格下とみている相手なんだからな。

慌てた様子で、ロクロ先生が肩を摑んできた。彼だけは、真剣に俺を心配している様子だった。

「あ、アークくん。彼らは確かに昔に比べれば腕は落ちているが、それでもノーム国の優秀な旅人だったんです！　まだ、学園に入学していないキミではいくらなんでも……っ」

「なるほど。だから、ノーム国の評価が下がってるんですね」

「……てめぇ」

俺の言葉に、リグルが牙をむく。

「俺のご主人様を馬鹿にしたのをそのまま返しただけだ。そうキレるなよ」

「……ふざけた野郎だ。固有魔法は持っているのかよ？」

「身体強化だけだ」

「はっ、誰でも使える基本魔法じゃねぇか！　そんなもんで、オレを倒せると思ってんのか！」

リグルが叫び、その体に魔力が集まっていく。俺もすぐに身体強化を発動し、片手でロクロ先生をとんと弾いた。

ロクロ先生と俺の目が合う。彼は、すっと息を吐いて、俺から離れた。

「……怪我、だけはさせないようにしてくださいね！」

「ああ、先生。治癒魔法を使える人だけは用意しておいてください。俺もやりすぎるかもしれませんので」

「そりゃあ、こっちのセリフだ」

リグルが魔法をこめていく。

リグルは魔法の準備ができたようだ。こちらをニヤニヤと笑ってみていた。

そんな彼はすっと、自身の目元を指さす。そこには、鋭い傷があった。まるで、爪でえぐられたような傷だ。

「この傷が見えるか？」

「ああ」

「こいつはな。魔族と戦ったときにつけられた傷だ」

「そうか」

魔族と戦った傷、か。むしろ、怖くなくなったな。

ロクロ先生は俺たちの様子をじっとみて、それから息を吐いた。

「それでは、試験を開始してください！」

ロクロ先生の言葉に合わせると同時、リグルが動いた。

……加減はしてやる。さすがに俺も、人殺しにはなりたくないからな。

リグルの右足が、一歩を踏みこみ、体が前に動き……。

そのときには、すでに俺は彼の懐に移動していた。リグルの顔が驚愕に染まっていく。

彼の顔がゆっくりと変化していくのを眺めながら、俺は拳を振りぬいた。

腹を狙った一撃。俺の振りぬいた拳を、リグルは見えていたようだが――動かない。

いや、防御をとるように動いていたが、遅いというのが正しいか。

俺の振りぬいた拳は、鋭く彼の腹を捉えて吹き飛ばす。

大地を転がり、砂煙をあげながらごろごろと転がり、止まった。

場が静寂に包まれた。

リグルが戦闘不能になったのを確認してから、周囲を見る。

この場にいた全員が目を見開き、口をあんぐりと開けたまま固まっていた。

先ほど俺を馬鹿にしていた人たち、全員が俺を見て震えていた。

「ロクロ先生、もういいですか？」

俺が声をかけると、ようやく彼は現実に戻ってきたようだ。

「あ、ああ！　すぐに治癒魔法を！」

ロクロ先生が叫ぶと、慌てた様子で控えていた治癒魔法使いたちがリグルのほうへと向かった。

第五章　合格祝いのデート

「合格おめでとう、アーク」

シーアは合格通知書を俺のほうに見せながら、そういった。

試験から一週間が経ち、俺の手元には一枚の合格通知が届いた。

たぶん大丈夫だとは思っていたが、こうして形になるまでは不安で仕方なかった。

なんせ、こっちには陰湿妨害スパイトお父様がいるんだからな。

一番安心したのは、こうしてまだシーアの騎士を続けられるということだ。

しかし気になったのは、この最低であるE評価というものだ。……なんでだ？　筆記も実技も満点に近いはずなんだが……。

「なんで俺はE評価なんだ？」

「……それは。聞いてみたら、固有魔法がないからだそうよ。固有魔法がない、前代未聞の存在だから……単純な成績だけ評価ができないみたいよ。まったく、頭が固いんだから」

シーアが不満げに腕を組んでいた。

いかん。この話題を掘り下げると、シーアが爆発しそうだ。

「そういえば、スパイトはどうなんだ？　ちょっとは俺の評価を改めたとか――」

「まだ嫌っているみたいよ。なんでも、『アーク死ね』と書きなぐられた紙がゴミ箱から見つかったみたい」

「うわ、こわっ」

「それも一枚じゃないわ。大量よ。まったく、どんだけアークのこと気に食わないのかしらね。まあ、悪口ならいくらでも好き放題書いてくれていいんだけど」

「いやでも、そういう感情に魔力がのることもあるだろ。呪いとかもそういうのが始まりだとか」

「大丈夫よアークなら」

いや、何も退けられる根拠はないんですが。謎の信頼を向けてくるお嬢様。

それにしても、スパイトに俺を認めさせる手段は何かないのだろうか。

俺としても、いつまでも嫌われたくはない。出来るのなら、仲良くやっていきたいものだ。

「スパイトは、ただ強いだけじゃ納得してくれないいんだよな」

「単純に、もうアークだから、嫌っているんじゃないかしらね？　意固地になってるのよあいつ」

「それだけなのかねぇ」

「あとは、貴族としての立場を守るためとかじゃないかしら？　ほら、今までは遺伝とかを意識して、強い者同士で結婚することが多かったじゃない？　もしも、今後身体強化さえ鍛えればいいってなったら、そういうのもなくなるじゃない」

「まあ、そうだけど……別にスパイトがそこまで気にする必要はないだろ？」

「まあでも、そうなったら貴族と平民が結婚とかも問題なく出来るじゃない？　例えば……………あたしとあんたとかもね」

「……」

お嬢様。それは一体どのような気分で言ったのですか!?　俺が思わず閉口してお嬢様を見る。

シーアはちょっとばかり恥ずかしそうだった。

「どうかしら今の。ちょっとはあなたもあたしにドキリとしたんじゃない？」

「今の発言がスパイトの耳に入ったらと思ったら、まあそれなりに」

「それただの恐怖じゃない」

いや、めっちゃドキッとしたわ。もう恥ずかしくて彼女の顔が見られないので、そっぽを向いておいた。たぶん、さっきの発言は俺を試すような意味があったのだろう。

……彼女と別れてから随分と時間が経っている。シーアはあれからさらに魅力あふれる人間になったのだ。……だから、シーアは俺が男としてシーアに魅力を感じていないか、探ってきたのだ。危ないところだったぜ……。

魔法の力は子に遺伝する。人間が持つ魔力には大きく分けて五つの波長がある。波長には、組み合わせの良し悪しがあるため、結婚の際にはこれを意識する必要がある。

現在所持している魔法と魔力。それらの中から適した相手と結婚するのが、貴族たちの決まりごとになっていた。

……稀《まれ》に、自由を求めて結婚する人々を軟弱者と罵るくらいにには、結婚に自由はない。

下手をすれば、家から追放されることだってあるとか。駆け落ちとか、そういう切ない恋の物語がいくつかあったな。……シーアもよく読んでいる。憧れとかあるんだろうか？　俺とそういう関係になってほしいものだが、たぶん無理だろうな。彼女、まったく俺に興味なさそうだし。

俺には血筋を大事にするというのはあまり馴染みがなかった。貴族は、上級、中級、下級と三つにわかれていて、キルニス家は下級貴族だったからな。俺なんてよく平民の子とも遊んでいたし、ほかの貴族にいつもへこへこしていた。

相手をえり好みなんてできず、相手に選んでもらうしかないのが下級貴族。みんなの使いっぱしりになるのが当然の立場だ。

つまり、だ。シーアの騎士になんてなれば、まさに俺は出世頭。下手したら家を上級貴族にまで引き上げてくれるかもしれない存在で、そいつが騎士をクビになれば、家族たちも手のひらを返すのはまあわからんでもない。けど、子どもを野に放り出すなんて酷いとは思うが。

「それじゃあ、約束通り、何かご褒美でも買いに行きましょうか」

「……ああ、そうだな」

き、きた。ごくりと、思わず生唾を飲んでしまった。

念願のデートだ。シーアはまるでそんな気はないんだろうが、俺からしたら違う。

今日のために、街について色々聞いている。情報収集はすべて使用人や兵士からだ。

……ただ、結局シーアが楽しめる場所はわからないというのが本音だ。

俺もよくわからん。人をぶん殴れる施設でもあれば楽しめるか？　殴る相手の顔にスパイトのお面でもつけたらそれはもう最高に喜んでくれそうだ。

「あんたって何か欲しいものはあるの？」

「自由、とかだろうか」

「なにくたびれた中年みたいなことを言っているのよ。それなりに自由じゃない」

……ま、確かにな。一度言ってみたかっただけだ。

屋敷を出た俺たちは、貴族街を歩いていく。

車が時々走っていく。まだそれは試作機のようで、何人もの整備士らしい人が追いかけている。

……けど、すごいな。俺も一度でいいから乗ってみたいな……ああ、それをご褒美にしてもらうのもよかったか？　シーアに頼めばどうにかなりそうな気がした。

ただ、やっぱりシーアと二人で出かけたかった。

と、しばらく歩いていたときだった。

「……自由が欲しいって。何よ。あんたあたしの騎士が嫌だっていうの？」

「そんなわけないだろー。楽しくやらせてもらっていますよー」

なるべく、ふざけた調子で。しかし、内心めちゃくちゃ焦っている。

このまま、自由にしてやるわよ、とか言われたらマジで泣く。

本心を伝えられればそれが一番だが、いつもの理由で絶対無理。

貴族街から平民街にほど近い場所まで来ると、随分と雰囲気が変わってきた。学生の姿も多くみられるから、たぶん学生を狙っての店が多いのだろう。

「みんな、旅人学園の生徒なのか？」

「ええ、そうよ。うちの学園にはいくつもの国から人材が集まっているって話したでしょ」

「ああ」

「それがあれらよ」

シーアが指さしたほうを見る。

一緒に行動してるのは同じ国同士ばかりだな。

しばらく眺めていると、二つの国のグループがある店の前で足を止めて睨み合っていた。

「ここは、俺たち火の国サラマンダーが目をつけてたんだよ」

と赤髪の男がいい、青髪の女性も対抗するようににらみつける。

「ここはウチら、水の国、ウンディーネが入るって決めてたんだよ。さっさと帰れよ蛇野郎」

「蛇じゃねぇ、竜だ！　水人形！」

「水の姫だっ！　ぶっころされてぇのか！」

「ね、面白いでしょ？」

けらけらとうちのお嬢様が笑っている。いやいや、一触即発の空気を楽しめるほど俺はハッピーな性格じゃない。

「大丈夫なのか。あれ」

「日常茶飯事よあんなの。四大精霊の国同士の喧嘩なんてね。あたしたちも土の国ノームとして、参加する？」

「あんなのに参加なんざしたくねぇよ」

「そうね。あんまり長居してからまれたくないし。それで、どこか行きたい場所はあるの？」

「まだ……おもいつかねぇな」

「それなら、あたしが適当に案内してあげるわ」

「そうか？　頼む」

それから、シーアとともにいくつかの店を見ていく。

しばらく、色々な店を回ったが、欲しいものは見つからない。あんまり俺が探す気がないというのも原因かもしれない。

ただ、今この時間がずっと続けばいいのに、としか思っていなかった。

しばらくして、シーアが軽く伸びをした。

「そろそろ昼だけど、何か食べたいものはあるかしら？」

「そうだなぁ……俺としてはがっつり食べられればなんでもいいんだが、このあたりにそういう店はあるのか？」

「あたしも詳しいことはわからないわ。とりあえず、そこに入ってみる？」

シーアが指さした店は、『ザフォン』という看板があった。

若い子が多く訪れている店のようだ。そこでいいんじゃないだろうか？　と思って頷いた。

店内に入り、席へと案内される。メニューとして店員が渡してきた紙を二人で見ていく。

と、シーアはある一点に注目したようだ。それは俺もだ。

「このカップル限定特大パフェって何かしら？　凄いおいしそうなのだけど」

それだけ、絵があった。そういうこともあってか、とてもおいしそうに見える。

でも、待てシーア。それカップル限定って。俺たちカップルってことでいいのか!?

「ああ、そちらはですね。カップルの方限定で行っているサービスなんですよ。お二人でしたら、問題ありませんね」

「か、カップル……」

シーアが顔を真っ赤にしていた。それでも、食べたそうにメニューを見ている。

「アーク、これ食べたいのだけど、注文してもいい？」

「あ、ああ。俺は別に構わないぞ」

「じゃあ、とりあえずこれで。アーク、何か他に注文は？」

「いや、とりあえずパフェ食べてから考える。特大がどのくらいかわからないし」

「……そうね」

ていうか、カップル限定のパフェを注文できたというだけで、俺としては大満足だった。これが、合格祝いです、と言われても納得してしまうほどだ。

「悪かったわね、あんたのものを探しにきたのに」

「別に。これも騎士の務めじゃないのか？」

カップル、という言葉が頭を行き来していて、シーアの言葉を脳が理解できていない。

それから、シーアにいくつか話を聞かれたのだが、それも右から左に抜けてしまうほどには、カップルというインパクトに脳をやられていた。

そんなことを考えていると、特大パフェが運ばれてきた。

「おまたせしました。カップル限定特大パフェになります！」

運ばれてきたパフェには、パフェをすくうためのスプーンが二つあり、シーアが一つを掴む。

……大きいが、まあ現実的な範囲だな。だが、まだ店員は立ち去らない、一体どうしたというのだろうか。

「あっ、申し訳ありません。一応カップルってことを証明してもらうために、何かしらアクション起こしてもらっていいですか？」

「あ、アクション？」

ぴたりとシーアが固まって、そちらを見る。

「はい。一番はキスとかがいいですが、さすがにそこまでを求めてもあれなんで、一緒に食べさせあってもらうくらいしてもらっていいですか？」

「た、たたたべさせあう!?」

俺も店員の言葉に思わず言葉を詰まらせてしまった。

俺とシーアは見つめあう。どうすんのよ、どうするんだ？　お互いにそう言っていた。

「あれ、どうしたんですか？　あっ、もしかしてまだ付き合いたてとか？」

「……そ、そうなの。だから、その、できれば――」

シーアがここぞとばかりにやり過ごすための言葉を放とうとして、そこに店員が目を輝かせて手をばっと掲げた。

「ならこれを機会に一歩、踏み込みましょう！　はい、こういうときは彼氏さんからどうぞ！」

おいーっ！　店員がさっと俺にスプーンを握らせてきた。

……や、やるのか？　やるのか俺？

俺はちらとシーアを見る。……いいか？　いいんだな？

シーアが決意を固めたように目を閉じ、口を開けた。

俺は一口分とってあげて、シーアに向ける。

「シーア、はい。あーん……」

「あ、あーん……」

シーアは緊張した様子でぱくりと嚙みついた。……スプーン越しに彼女に触れているという感覚はなんとも表現しがたいものがあった。

シーアの口からスプーンを抜き取ったところで、俺は深呼吸を一度挟み、窓の外を見た。

いやあ、外は平和だな。あっ、知っている顔があるぞー。あれはスパイトだ。スパイト!? 彼はこっちを見たまま、がたがたと震えて固まっていた。隣には兵士が二名、メイドのラフィアがいた。

ラフィアだけは楽しそうに笑っている。

たまたま、スパイトたちが出かけていたのか？　いや、違う。たぶん、俺たちをつけていたんだ。

普段なら、気づけていたかもしれないが俺もシーアとのデートに浮かれてしまっていたようだ。

スパイトはその場でひっくり返った。

「あー、く……ほら、次はあんたの番よ」

シーアの声が聞こえ、俺は逃げるように視線を戻した。彼女は顔を真っ赤にしてこちらを見ていた。

……ああ、くそ。めっちゃ可愛いな。ラフィアがじっとこちらを見ていたが、俺は忘れることにした。

シーアは俺と同じようにスプーンをこちらに向けてくる。

「……いい、これはカップルとして、よ」

わざわざそういったのは、店員に認めさせるためという意味だろう。店員がいなければ、「カップルだと信じてもらうためよ」と言っていたに違いない。

とにかく、勘違いすんなよ、という牽制だろう。俺はこくこくと頷き、彼女が向けてきたスプーンの先にかぶりついた。

びくっ、とスプーンが一瞬跳ねた。見れば、シーアの紅潮はさらに増していた。

俺は彼女から視線を外し、窓の外を見る。よろよろと起き上がっていたスパイトと目が合って――あっ、彼の口から魂が抜けたのがわかった。

スパイトを担いだ兵士たちが去っていくのを眺めながら、俺はシーアのスプーンから口を離した。

「はい、ありがとうございます！　それでは、ごゆっくり！」

店員がようやく去っていき、俺たちは揃って何度も息を吐いた。

「アーク……変なこと、考えるんじゃないわよ」

「……わ、わかってるっての。ったく、慣れないことはするもんじゃねぇな」

「そういえばアーク、こういう経験は初めてなのかしら？」

「……そういうおまえはどうなんだよ？」

あるのか？　やっぱりモテるからあるのか？

お互いに黙りあって、それからシーアは顎をあげる。

「……あるの？」

「……ねぇよ。そっちは」

「……ないわよ」

ちょっとだけ、ほっとした。

お互いに今度は息を吐き、それからスプーンでパフェを食べ始めた。

……あっ。これ間接キスじゃないか？　しかし、シーアは気にした様子を見せず、食べていく。

ちっ、やっぱり意識しているのは俺だけか。

俺は必死に自分に言い聞かせ、パフェを食べていく。

間接キスじゃない。これは別に、間接キスじゃないんだ。

パフェを食べ終えると、だいぶ腹は膨れた。パフェは冷たいものだったはずなのだが、なぜか体は火照《ほて》ってしまっていた。

「それで、何か欲しいものとか……それに近いものとか思いつかないの？」

「ほしいもんねぇ。今は特に思いつかないな」

……ていうか、今さっきのパフェでなんつーか一生分の運を使い果たした気がする。もう、あれ以上に望むものが思いつかない。

とりあえず、俺は思いついたことを口にしてみた。

「また今度、一緒に探しにきてくれないか」

中々、いい案じゃないだろうか？　こう言っておけば、また一緒に出掛けられる。

……運が良ければ、今日のようなラッキーハプニングもあるかもしれない。

俺の言葉に、シーアは腕を組んで嘆息をついた。

「あたしも暇じゃないんだけど？」

「そうなのか？　休日は、いつも家にいるって使用人たちから聞いたんだけど」

「名前を言いなさい。そいつらをクビにしてやるわ」

「……黙秘させてもらう。それで、次はあるのか？」

「まあ……いいわよ。あなたが納得するまで、一緒に行ってあげるわ」

そ、それはつまり納得できなければ一生一緒にいてくれるってことか!?　まあさすがにそれは曲解すぎるぜ、俺。気持ち悪いぞ。

……けど、あと二回くらいはいけるか？　よしよし。

テーブルの下でばれないようにガッツポーズを作っていると、シーアが眉根を寄せた。

まずい、気づかれたか。しかし、シーアの視線は俺ではなく別のほうに向けられていた。

「おや、これはこれは。ノーム最弱の落ちこぼれではありませんの」

こちらを馬鹿にするように笑いながら、一人の女性が近づいてきた。

旅人学園の制服に身を包んでいるが、彼女のアレンジが多く含まれていて、派手なものとなっていた。

その左胸には、サラマンダー国を示すバッジがついていた。

シーアの表情が露骨にしかめられていく。

精霊大国と呼ばれる四か国は、もう長い間仲が悪い。ここでの仲が悪いというのは、ライバル的関係であり、別に今すぐ戦争を仕掛けるとかそういうのではない。競い合っているというのが正しいだろう。

この世界は魔力消失回避に向けて、各国同士は団結している。その中で競争をしているというところだ。

そして、多くの優秀な旅人を輩出しているのが、精霊大国の四つだ。

四か国の旅人たちが、数多くの魔力を回収し、毎年同じような成績を残している。

どの国が一番多く回収できるか。それを競い合っていて、それがそのまま各国の子どもたちにも引き継がれていく。

ゆえに、別の国に絡まれることは多いのだ。

「何の用かしら、リーベ」

シーアは彼女——リーベを睨みつけた。

シーアは人を睨む癖があるが、今回ばかりはいつにもまして苛立ちが込められていた。

あんまり人を睨まないほうがいいですよ、お嬢様。

せっかくの可愛い顔が台無しです。というのは胸の内での言葉。

リーベは美しい髪をかきあげる。それに合わせ、彼女の周囲にいた女性たちが腕を組んだ。

リーベは一人ではなく、取り巻きをつれていた。彼女らもこちらを馬鹿にしたように笑っている。これほど高笑いが似合う集団もそういないだろう。ていうか、普通にうるさいし迷惑なんでやめてくれませんかねぇ。

そこはかとない面倒くささを感じるな。このままここにいても余計な面倒ごとに巻き込まれそうだし、逃げるか。

シーアのお客さんだしな。俺が関わってこじれても問題だ。

トイレにでも避難しよう。

腰をあげて、鼻歌まじりにトイレのほうに歩き出そうとすると、シーアの鋭い目が逃がさんとばかりに捉えてきた。

ま、まさか逃げるつもりなんてないですよ。そりゃあもう、騎士として、何かあればお守りしますよ。

俺はすっとそのままシーアとリーベの間に移動する。

そこでようやくリーベは気づいたようだ。

「シーア……あなたが男をつれているとは、めずらしいですわね。あ、あなたの……なんですのそいつは！」

少しばかりいらだった様子である。リーベが俺とシーアを見比べ、睨んでいた。

シーアはふんと鼻で笑い飛ばす。

「あたしの大事な友人よ。あなたのお金目的の取り巻きと違ってね」

「ゆ、友人、ですって……」

ゆ、友人ですって……。そりゃあそうなんだけど。そうなんだけど……そうはっきりいわれると悲しいな。

「はんっ。何がお金目的ですの？　彼女らはわたくしのきちんとした友人ですわよ。数はわたくしのほうが多いですわ」

「本当かしら？　ねぇ、どうなのよ？」

なんだろうか。リーベからアホっぽい空気が生み出された。さっきまでの緊張感が一気になくなったな。もう俺は必要ないだろう。

リーベの友人たちが慌てたように声をあげる。

「も、もちろんですわよ！」

「り、リーベ様とわたくしたちは大事な友人ですわ」

「へぇ、そう。それじゃあ、リーベのいいところでも言ってみたらどう？」

シーアお嬢様のわっるそうな笑顔。俺も一度向けてもらいたいものだ。

「い、いい、ところ……そ、それはわがままで……」

「え、えとその……たまによくわからないことを言ったり……」

「あ、あと、食事に行くときはいつも奢ってくれますわ！」

「やっぱり金目的じゃねぇか！」

思わず叫んじまったっ！

俺の言葉に、全員の表情が沈んだ。ただ一人、シーアだけは楽しそうである。

すっかり落ち込んだリーベは、しかし何かを思い出したように口角をつり上げた。

「平民にな、何を言われてもへっちゃらですわ」

めっちゃ泣きそうだ。可哀そうなのでフォローしておく。

「まあ、その、友達とかいなくても楽しそうにしている奴もいるから、な」

シーアと目が合うと、徐々に吊り上がっていく。さっと、かわした。

「へ、平民如きが同情しないでくださいませんこと！」

「ねえ、アーク。なんであたしのほうを見ているのかしら？」

いやー、別に何でもないですよ。なぜか団結して俺を責めてくる二人。

リーベが眉間を寄せながら俺のほうを睨みつけてくる。

「……あなた、学園の生徒ではありませんわね？」

「残念。生徒だ」

ふふん、と胸を張ると彼女は驚いたように首を振った。

「なっ、み、見たことありませんわ！　何組の生徒ですの？」

「いや、まだ決まっていないな。何組になるんだ？」

「あたしと同じだから、Z組じゃないかしら」

「ど、どういうことですの？　まだ……ということはまさか今年入学!?」

「まあな。シーアの騎士として、入学することになったアークだ。よろしく」

「騎士ってことは……はっ！　ハハハ！　なら友達ではなく家来ではありませんの！　やっぱり友達ゼロですの！　勝った！」

「あなただって友達ゼロじゃない」

「ぜ、ゼロじゃない！」

リーべとシーアの悲しい争いが始まった。取り巻きたちはこっそりと離れていた。

俺も逃げようと思ったが、シーアが腕をつかんでいる。こんな状況でなければうれしいのに。例えばお化け屋敷とかならな。目の前にはお化けより厄介そうな女性が二人。

「まーあ？　わたくしの場合は、あなたのような落ちこぼれとは違いまして、才能がありますの」

ぴくっとシーアの眉尻があがった。

「それがどうしたのよ」

「わたくしには、旅人としての実績もありますわ。けれど、あなたは入学してから一度だって他世界にはいっていませんわよね？　わたくし、あなたのことはすべて知っていますのよ」

「ストーカーか？」

「ち、違いますわよ！」

ストーカーだろ。他人の状況をしっかり把握しているとか……気持ち悪いにも程がある。

ただ……落ちこぼれ、か。この前の入学試験でもそうだったが、シーアは……どちらかといえば落ちこぼれだ。固有魔法として、治癒が使えるが、それだけ。旅人としての活躍は難しそうだ、というのが現状での評価だった。

シーアもそれは気にしているのだろう。表情に力がこもっていたが、それ以上は何も言わなかった。

それに対して、調子に乗ったのがリーべだ。

「あなたは、おとなしく政略結婚の道具にでもなっていればいいんですのよ」

そういわれたとき、シーアが悔しそうに顔をしかめた。

……今の言葉は、俺もかちんと来た。シーアの女性としての魅力を踏みにじる、ふざけた言葉だ。

ある程度は流していたが、さすがに今のは無視できなかった。

「な、なんですの？」

「別に。なんでもねぇよ。シーア、もう行こうぜ。こんな奴に構っていても、疲れるだけだ」

「逃げますの？　主従ともども、そっくりのお似合いですわね」

ぶちっという音が聞こえた気がした。……それは俺ではなく、シーアのほうである。

シーアがリーべのほうを笑顔で見つめている。下手な顔よりも怖い。

「リーべ。あたしの騎士を、あたし以外が馬鹿にすることは許していないわ」

「いや俺も許可出してないんだけど」

「なら今出しなさい」

「えっ」

「出せ」

「は、はい。好き勝手してください」

……いや、いくらでも構ってくれる分にはいいんですけどね。一発目で許可だすとほら、いつもの通り。

今のドスの聞いた声に、リーベも気おされてもいいです、はい。

み返している。シーアにだったら好き放題されている。しかし、そこは彼女もプライドでシーアを睨みている。ただ、今にも泣きだしそうである。やっぱりこいつアホの子だ。

リーベは自分の言葉に責任が持てるほどの賢さはなさそうだ。さっきのシーアを馬鹿にした言葉も、売り言葉に買い言葉でつい言ってしまったようなもんだろう。むきになるだけ、馬鹿らしいな。

ここで、今から殴り合いでも始めそうなので、さすがに間に入る。

「ここまでにしとこうぜ、お互い」

「き、騎士の癖に、逃げますのね。主を馬鹿にされて、その程度だなんて、忠誠心の欠片もありませんのね」

なんで突っかかってくるんだか。俺はため息をつき、首を傾げた。

「ここで、おまえを倒したところで、誰が証明してくれるんだよ？　ここでやりあったって意味ないだろ」

「……わたくしを、たおしたところで？」

やべ、いらんところついちまった。リーベの闘争心に火がついてしまったようだ。

「あなた、わたくしを倒せるといいたいんですの？」

……仕方ない。ここでシーアとリーベがやりあうよりはいいだろう。

「シーアの騎士やってるくらいだからな」

「……生意気な、男ですわね」

リーベが吐き捨てるようにいってから、俺のほうに指を突きつけてきた。

「いいですわよ。それじゃあ、全員が証明できる場で決闘をしますわよ」

俺はにやり、と口元をゆがめ、

「え、やだ」

「え!?　や、やりますわよっ！　今のやる流れだったではありませんの！」

「まあ、いいぜ」

「な、なんですのおまえ！」

「今の空気で否定したらおまえが面白い反応すると思ってな」

「こ、この……わたくしをとことん馬鹿にしますのねっ。入学式が終わり次第、決闘を行いますわ！」

「入学式の日は早く家に帰りたいんだけど」

俺の言葉に、リーベははっとした顔になる。

「た、確かに疲れますわよね……な、ならその次の日！」

「次の日はクラスになじむのに忙しそうだし……」

「な、ならその次の日」

「いや、面倒だな、やっぱり入学式の日で」

「ぶ、ぶっ飛ばされたいんですのっ！」

「俺はこういう性格なんでな。そんじゃ、楽しみにしてるぜ」

そういって、俺はシーアの手をつかんで店の外へと向かった。

もちろん、支払いはしっかりしてな。店を出た後、また街を回るという空気でもなくなったため、俺はシーアとともに屋敷へと向かっていた。

困っているのは、この状況――。

シーアの手を握った俺は、そのまま離せないでいた。……離すタイミングを完全に逸してしまった。どうすりゃいい……。手を握っていられるのは幸せなんだが、いつまでもこのままではいけない。そんなことを考えていると、

「さっきの話なんだけど」

シーアが俺の手をついついと引っ張ってきた。俺はそのタイミングで、手を離した。

シーアはどこか元気のない顔をしていて、俺は胸が締め付けられるような苦しさを味わった。

「別に話したくないなら話さなくてもいいぞ」

だから、か。気づけばそんなことを口にしていた。

シーアのさっきの話――たぶん、彼女の性格からして落ちこぼれ、うんぬんの話だと思った。

「……いえ、どうせいずれわかることだし話しておくわ」

シーアはそういって、こちらを見てきた。

「学園では三か月に一度、武闘大会が開かれるのだけど、知っているかしら？」

「そういえば、パンフレットにそんなことが書かれていたような」

「あたしは、それに一度も参加していないのよ。大会に参加することで、今の自分の旅人としての立ち位置がわかるのだけどね」

「そうか。それじゃあ、シーアの実力はわからないってわけか」

努めて彼女が傷つかない言葉を選択したつもりだったが、シーアはふっとらしくない笑顔を浮かべた。

「わかるわよ。あたしは、学園で最下位よ。あたしが持っている魔法は治癒魔法一つだけで、攻撃には一切使えないの。固有魔法発動中に得られる身体強化だって、ほとんどないのよ。だから……無能者と呼ばれていたときのアークと何も変わらないのよ」

そんなことはない。彼女の治癒魔法はこれまで何度か見ている。

……シーアは、旅人が向かないだけで別の仕事なら重宝されるだろう。ただ、家がリシェール家だったために、旅人をやる羽目になっているんだ。

「めちゃくちゃ変わるだろ。俺は魔法が一切使えないけど、シーアの治癒魔法は補助としては十分すぎるだろ」

「けど、学園での評価としては最悪よ。旅人なのに、並行世界に行けるだけの戦闘能力がないんだから」

並行世界に行き、その世界の核となる人間を幸せにして、魔力を回収する。過去を見てみると、ほとんどが戦う必要がある。……彼女はそれができない。

悔しそうにシーアは口を開いた。

「この旅人たちがもっとも評価される世界で、あたしは一切戦う能力を持っていないの」

「……シーア」

彼女は自嘲気味に笑う。

「そりゃあ、価値のない女、なんていわれるわよ。ごめんなさいね、今までまったくこのことについて話していなかったわ。……なんだか、騙してあなたを利用しようとしているみたいだったわね。……そんなことはないのよ？　ないのだけど……黙っていて、ごめんなさい」

シーアはふんといつものふてぶてしい表情をしてみせたが、それは彼女が自分を守るために無理やり作っているように見えた。そんな顔を俺は見たくない。

価値のない女、か。

……シーアは今の自分に対して、俺が考えている以上にショックを受けていたんだ。そこまで察してやれなかったのが悔しい。

「おまえは俺を助けてくれた。……誰かを助けられる奴が価値のない人間なわけがない」

「あたしが、あんたを助けた？　……助けられてばっかりよ、本当に」

「そんなことない……おまえがいなかったら、俺は――もっと早くキルニス家を追放されていたかもしれない。……それに、こうして戻ってくることもなかったと思う」

「そう？　……アークなら、きっとうまくやれていたわよ。あんたはそういう人間よ」

「そんな器用な人間じゃねぇよ、俺は」

俺が拳を握りしめていたことに、シーアはそこで気づいたようだ。

「アーク……怒っているの？」

やべぇな。けど、誤魔化す手段はないし……誤魔化したくはなかった。

「一応、ご主人様だしな。俺はそれなりに感謝してんだよ」

「……そう、なのね。それが聞けただけで、十分だわ」

シーアはなぜかほっとしたように息を吐いている。

彼女は少しだけ明るく笑っていたが、まだそれも無理をしているように見えた。

シーアは俺から逃げるように歩いていく。その背中を必死に追いかける。

彼女の苦しみを少しでも和らげるために、俺はシーアの騎士として――宣言させてもらう。

逃げるシーアの手をぎゅっと掴む。驚いたようにシーアがこちらを見た。

「俺は、最強になる」

「……どういう話の流れよ」

「俺が最強の騎士になって、おまえと一緒に旅人の仕事をこなす。俺が怪我をしたら、おまえが治す」

「あんたくらい強かったら、怪我もしないいんじゃない？」

「あいにく、俺の戦い方は無茶が前提だからな。怪我なくってのは難しそうだ。だから、俺とお前の相性は抜群ってわけだな」

シーアの治癒魔法が控えているなら、心置きなく限界を超えられる。

俺の言葉に、シーアもようやくいつものように笑ってくれた。

「最強の騎士、ね。……そのときは別の人と組みたくなるんじゃないの？」

「それはねぇな。おまえだから、俺は騎士になろうと思ったんだ。おまえがいないなら、俺は旅人だってやめてやるっての」

……ちょっと恥ずかしかったが、もうこの場の空気に任せていってしまった。

多少、まずいかも、と思ったが……シーアもそこに触れてくることはなかった。

「まだ、自分の力がどれくらいかって把握しきれてないのに最強になるなんて、随分大きく出たわね」

「だから、まずはリーベだな」

「決闘の話かしら？」

「ああ。あいつと戦って、今の自分の立場を理解する。そっから、足りない部分を鍛えなおしていくわけだ」

「そうね。リーベはサラマンダー国の代表よ。実力は……トップクラスだわ」

「そんじゃ勝てば俺はノーム国の代表になれるかもってわけだな」

わかりやすいな。恐らくきっと、俺は学園でも否定から始まるはずだ。

固有魔法を持たないこと。アークという名前。そして、無能者……。

きっとみんなは、それらの情報から俺をコネで入ってきた無能者と思うだろう。まあ、あの場にいた受験者はさすがにそんな態度はとらないだろうが。

俺やシーアを否定する声は、この拳で吹き飛ばすしかないだろう。

しばらく静かに歩いていると、

「……ありがとう、アーク」

シーアが笑いながらそういった。彼女のその笑顔があまりにも可愛くて、俺は胸が締め付けられる思いをした。ああ、くそ。この場のノリで告白でもしてやろうか。したら、最後。このまま騎士を引退させられるかもしれない……。それは絶対嫌だ。

今の俺は絶対、真っ赤な顔だ。それを指摘されたくなくて、俺は慌てて口を開いた。

「おまえが素直に感謝してくるなんて、明日は雨でも降るかもな。ちょうどそこに傘売ってるし、買っていってもいいか？」

「ええ、いいわね。ただ、ちょっと傘だと威力が足りないわね。棍棒が近くの店に置いてあったはずよ」

「何に使うんですか？」

「棍棒で人の頭を殴ってみたいと思ったことってないかしら？」

「人を殴ろうとするのはやめてくれませんかね」

「人の厚意を馬鹿にしたからよ」

べーとシーアが子どもっぽく舌をだした。相変わらず可愛い……。シーアが可愛くない姿というのが思い浮かばない。たぶん、彼女は何をやっても可愛いのだ。

そんなシーアの顔を見ていると、仄《ほの》かに赤みがかっているように見えた。……感謝を口にして、よっぽど恥ずかしかったのだろう。

それか……夕陽、か。気づけば夕陽が街を照らすような時間となっていた。

「さっき、あんたはどんなあたしでも騎士になるって言っていたわよね」

「……『どんな』までは言ってないぞ」

「言ったわ。言ってなくても言ったことにしてやったわ」

「横暴すぎない？」

「とにかく。あたしからも言わせてもらうわね」

彼女はそこで一つ咳ばらいをして、指を突きつけて来た。

「あたしは、今のあんたにたいした力がない無能者のままだったとしても、あんたを騎士にしていたわ。あんたが嫌がらない限りはね」

褒めてるの？　貶《けな》したいの？　どっちなんだ。俺は単純だから、誉め言葉として受け取っちゃうぞ？

「……そ、そうか」

「ええ、これで対等ね。まるであんたにかばわれたみたいで癪だったから。それ以外の理由はないから、勘違いしないことね」

俺が考えているよりも、俺のことを気にいってくれていたってことくらいしかわからないしな。

どんな俺でも、か。シーアは昔のように、自分に「無関心なアーク」が気にいっているのかもしれない。そうなると、今の俺は昔と違って彼女のことを好きになってしまっているので、ある意味で裏切りではある。

せめて、彼女を傷つけないようにこの気持ちは隠し通さないといけないいな。

俺たちはしばらく見つめあう。シーアが眉をへの字に曲げる。

「あんた、いつまで人の手をつかんでいるのよ」

……シーアを逃がさないために、ノリで摑んでしまったのを今思い出す。

「え？　あっ、そういやつかんでたな。わ、悪かった！」

俺は急いで彼女から手を離し、背中を向ける。

……や、やべぇ。シーアの手を長時間握ってしまった。どうしよう。それにしてもシーアの手滅茶苦茶柔らかかったな。ぷにっとしていて、女の子って感じだ。

ぷにぷに。ああ、そうだ。こんな感触で——俺の左手をシーアが摑んでいた。

「まっ、いいわよ。このまま帰りましょうか」

「し、シーア……？」

「散歩に連れていくのに、手綱を握らないというのも飼い主としては問題でしょう？」

「人をペット扱いするのはやめてくれませんかね」

「ペット扱いは嫌かしら？」

「ああ、最悪だ」

いいえ、全然。隣にいられれば幸せです。シーアがぎゅっと握ってきて、俺も握り返す。

そうして無理やりに手を握りなおし、俺たちは並んで屋敷に帰った。

……やらなければならないことがいくつかできたな。

「し、シーア……今日の、こと、なんだが……」

屋敷の玄関をあけた瞬間、よろよろとスパイトが歩いてきた。スパイトの隣には、俺が良く話すメイドがいて、ニヤァとそれはもう楽しそうに笑っている。

スパイトは俺とシーアが手をつないでいるのを見ると、再び泡を吹いて倒れた。

それを見ていたメイドが、「まぁっ」とすっとぼけたような声をあげる。

「そんなー当主様ー、お気を確かに！」

「ぐ、あ、あ……そ、そうだな。め、メイド、よ……シ、シーア、は……？」

「大丈夫です当主様！　お嬢様はただただ、自分の騎士となかよーく、手をつないでいるだけですから！」

「ぶぼぉぉ！」

スパイトは今度こそ、意識を失うように倒れた。

……あのメイド、めっちゃ楽しそうだなおい。

気づけばシーアは手を離して、屋敷の階段を上っていた。その顔は見えなかったが、頬は赤かったように見えた。……さすがにシーアもあんな言われ方をしたら嫌がるか。

第六章　波乱の入学式

旅人学園の校舎を眺めながら、俺は短く息を吐いた。

……とうとう、入学式の日か。

試験が終わり、結果が発表されてからおおよそ一週間で、俺たち第51期生の入学日となる。

ちなみに、あの試験はノーム国の人間のみで行われたものだ。

別日の受験者もいるため、新入生と思われる生徒には知らない顔もちらほらとあった。

俺を知っている奴もいたのだが、その人たちは俺に気づくと何も言わずに去っていく。

あれだな。まるで化け物にでも遭遇したような感じだな。

俺は新入生が集まっている体育館へと向かう。

そちらに向かう人たちは、わかりやすい。みんな新品の制服に身を包んでいるんだからな。

体育館へと歩いていく中で、貴族たちと視線が合うことがある。彼らに会釈をするのだが、彼らの視線は俺の左胸をちらと見て、嘲笑だけを浮かべる。

彼らの視線は、俺の左胸に注がれている。俺の胸板を見て馬鹿にしているのではない。

彼らはそこにあるはずのバッジを確認しているんだ。貴族たちは、制服の左胸に家紋の入ったバッジをつけることになっているそうだ。

学園は貴族、平民関係ない方針だが、生徒たちはやはり意識しているようだ。

俺は一応リシェール家所属になるのだが、スパイトが認めてくれないため、家紋のバッジをもらえていない。

だから、一人でいればどこの馬の骨ともわからない平民にしか見えないというわけだ。

近くを歩いていた新入生同士が話をしていて、それに耳を傾ける。

「そういえば、ロウってクラスはどこなの？」

「クラス？　そういやオレのクラスはＡクラスだったな」

「そうなんだ！　僕も同じだよ！」

見れば、彼らも平民だった。俺はそちらに近づき、気さくな感じで片手をあげる。

「二人とも、平民……だよな？」

俺が胸元を見て確認するようにいうと、彼らも少しだけ緊張した様子で手をあげた。

「おう、おまえも平民だよな？　オレはロウだ」

「僕はケイスだよ、よろしくね」

「俺はアークっていうんだ。いやぁ、心細かったんだよ。学園は貴族ばっかりでさ？　もうちょっと平民にも気を使ってほしいもんだぜ」

「ははは、そうだよな」

「けど、仕方ないよ。やっぱり貴族の学園なんだしね」

それなりに俺は人と関わるのはうまい、と思っている。

俺の唯一の取り柄とでも言おうか。……だって、家に居場所なかったし、せめて友人くらいは大切にしないといけないと思っていたんだよな。

話題は、クラス分けについてだ。

「へぇ、アークくんってZクラスなんだ……ってことは珍しい魔力を持ってるんだよね？」

「らしいな。あんまり詳しくないんだけど、Zクラスって他のクラスより忙しいんだよな？」

「うん、そうだよ」

学園のクラスはA、B、C、D、E、Zの六つのクラスに分かれている。

他世界に行くには、魔力の適性が関わってくる。

例えば、Aクラスの人は、魔力波長Aというグループとなり、国で振り分けた魔力波長Aの並行世界へ移動できる。

この適性がないと、本来の力が出せなくなってしまうらしい。

例えば、魔力波長Aのものが、Bの世界に移動した場合は、最悪魔法の使用さえできなくなる。

「Zクラスかぁ、つい最近見つかった新しい並行世界だもんな。適性者が少ないから、学園生でも魔力回収に行く必要があるんだろ？」

「みたいだな」

それが、Z世界だ。とはいえ、魔法自体は今の俺たちくらいの年齢がもっとも強いとされている。

学園生が並行世界に行くというのも、決しておかしな話ではなかった。

このZ世界に俺は別に適性があるわけではないが、これはあくまで固有魔法に関する適性である。

魔法を持たない俺は、AとかBとかそういうの関係なく、どこでも行けてしまうのだ。

それゆえのZ適性の評価だ。

「けど、成績次第じゃ将来安泰だよね。アークくん、いいなぁ……」

「おう。平民から成りあがってやるぜ」

彼らの軽い調子に、似たように返していく。

いつか、シーアの隣にいて問題ないくらいまで上り詰めてやる。そうすりゃ、スパイトだって文句は言えないはずだ。

そのためにも、旅人として活躍し続ける必要がある。がんばろう。

「そういえば、入学試験の結果どうだったよ？　確か、全体での順位みたいなのがあったよな？」

ロウがニヤリ、と口元を緩める。

「おいおい、わざわざそういうってことは良かったのか？」

「おう。全体順位二百十五人中、四位だぜ！」

……この全体順位はあくまで、試験を突破した人たちの順位で在校生は関係ない。

また、年四回に分けて行われる試験の合格者全員の順位である。俺はたぶん、彼らとは別のときに試験を受けたんだろう。だから、彼らも俺を知らないようだ。

「僕は……34位だったよ」

順位に関して、俺はノーコメントとしていたかったのだが、ケイスも自分の順位を言った。

「おっ、結構優秀だな」

「そう、かな?」

「十分じゃないか?」

「それで? アークはどうだったんだよ?」

ロウが首を傾げる。俺はふう、と息を吐く。

「よし、そろそろ入学式も始まるし、このあたりで――」

「おーいおまえまだ言ってないだろ? 何位だったんだよ?」

ぐりぐりと肘でつついてくるロウ。ケイスが困った様子でロウの腕をつかんでいる。

どうっすかねぇ。俺の場合は、色々な事情があっての最低評価――まあ、最下位なんだよな。

なるべく重い空気を出さないよう、ふざけた調子で言ってみるか。

「俺はなんと二百十五人中……215位だ!」

「って最下位かい!」

びしっと鋭いツッコミを入れてくるロウ。

二人は別におかしな空気を作ることもない。ただ、それ以上触れてこなかったのは、彼らの持つ優しさゆえなんだろう。

「そういえばさ、なんか変な噂聞いたんだけど、二人は知ってるか?」

「なんだ?」

「なんでも、試験官を一撃でのした奴がいるとかなんとか」

それって……俺のことか?

さすがに名乗りでるのはやめた。ていうか、さっき順位言っておいて信じてもらえるとも思えないしな。

体育館の入り口で靴を脱ぎながら、相槌を打つしかない。

そんなときだった。どん、とロウが突きとばされる。靴を片方脱いでいる途中だったので、彼は体勢を崩した。

「あ、あぶねぇな!」

「黙れ、平民共。貴族に道を譲るのは当然だろ」

そういった男の家紋を見て、俺は頬が引きつった。

キルニス家の、家紋だ。ロウも相手が貴族だから、怯んだが、それでもなめてかかられたくなかったようだ。

「……この学園では、貴族平民は関係ないだろっ!」

「黙れ、といったのがわからないのか？」

「うるせぇよっ。ここは実力がすべてなんだよ。オレはな……」

「下の人間の話など聞く必要はないな」

彼はそういって、ロウの横を過ぎた。

「何が下だ。オレは四位だぞ！」

ロウが叫ぶと、彼はくすくすと笑った。

「あっ、こんなところにいましたかイケくん。新入生代表の挨拶があるんですから、あなたはこちらですよ」

ロクロ先生がやってきて、イケを呼び止める。

キルニス家の家紋をつけた、イケ――これで、俺の弟じゃなかったら、誰だっていうんだ。

まさか、同じ期の入学になるとは思わなかったな。学園が年齢関係なく受験者を募っているからだろう。

新入生代表は、基本的に新入生でもっとも優秀だった人間が行う。

つまり、だ。

「何かいったか？　四位、程度で威張れるとは、随分だな」

「そ、それは……」

「あとでたっぷり、可愛がってやるさ」

そういって、イケがロウを見る。すっかり、ロウの威勢はなくなり顔が青ざめていた。

……まあ、ロウもかっとなってしまった部分は反省点だろうが、さすがにな。

「その辺にしておけってイケ」

「……なんだ貴様は？」

ぴくり、とイケが俺の顔をじっと見てきて眉間を寄せる。

もしかしたら、お兄ちゃんの面影を感じてくれているのかもしれない。

「あ、アークくん。よかった。キミにも挨拶を頼もうか迷っていたんだよね。実質、一位での合格なんだしシーアさんの騎士だし……」

ロクロ先生の言葉に、イケが顔をしかめていた。

「一、位……それに、シーア様の騎士……それに、アーク、だと？　どういう、ことですかロクロ先生！」

イケが慌てた様子で声を荒らげた。

「ま、まあ……それはまたあとで話すということで」

ロクロ先生は、結局イケだけを連れて去っていった。

ほっとしたようにロウは息を吐いた。

「なんかよくわかんねぇうちに、助かったな」

「ロウ。いくら順位が高いからって誰にも喧嘩売るなよな」

「い、いやぁ……さすがにオレより強いやつに早々出会うとは思わなくてよ——つーか、さっきあの先生が言っていたことってどんな意味か、わかるか？」

上履きに履き替えて体育館内を歩いていく。

「ん？　ああ、別に俺がシーアの騎士で、さっきおまえらが話してた試験官をぶっ飛ばした奴だってわけだ」

「あー、なるほどなるほど……ってえええ!?」

ロウとケイスが同時に声を上げる。試験官を殴り飛ばしたあとのように、二人は口をパクパクとあけていた。

「お、おまえが……!?　じゃあ、なんで最下位なんだ!?」

「……俺って優しくてさ。最下位の人が可哀そうだと思ったんだ」

「や、優しいんだね」

「嘘だ」

「嘘なのー!?」

ケイスが声をあげ、俺は苦笑する。こいつらノリのいい人たちだな。

「単純な話だ。俺が固有魔法をもっていないからだ」

「こ、固有魔法を持っていない……ってまさか」

「試験勉強でも出てきた、無能者のアーク……同一人物!?」

「そういうわけだ。サインなら書かないぞ」

ケイスは目を見開いたまま、口を動かす。

「魔法を持ってないのに、どうやって倒したの!?」

「誰でも使える身体強化あるだろ？　鍛えたら、めっちゃ強化できるようになってな」

「す、すげぇな……おい」

ロウとケイスはなんだか羨望の目を向けてくる。

「……おまえら、素直に信じてくれるんだな」

「そりゃあな。嘘言う理由もないし、あの先生がああ言ってたし」

「うん。それに、友達だしね」

そういったケイスはそのあと、少し照れたように頬を染める。

「は、恥ずかしいことを言ってしまった」

「いや……嬉しい言葉だったな。そうだな、友達か」

「う……い、言い直さなくていいから」

ケイスが否定するように両手を振っている。

とりあえず、学園生活は楽しくなりそうだな。

列を作って待機していると、ぞろぞろと新入生が集まってくる。

他国の子たちだな。髪の色でおおよそどこの国出身かわかる。

ノーム国、というだけで周りの国からは馬鹿にしたような目を向けられる。……イケはさっき俺たちを敵視していたが、学園に入ってからは俺たちは仲間みたいなものだ。

お互いに協力して、国の代表として旅人をやる必要がある。思っている以上に、責任が重くのしかかるな。

と、列に並んでいた俺のもとに、ロクロ先生がやってきた。

「やっぱり、キミにも挨拶してほしいんだけど、いいかな？」

「……まあ、別にいいですけど」

「よかった。それじゃあこちらに来てください」

ロクロ先生についていき、控室についた。

そこには、同じように新入生がいて、イケはずいぶんと他の子たちからは距離をあけていた。

「あれ？　ノーム国の人はもう一人代表者いるんだ？」

「まあ、何人いても結果は変わらないでしょうけどね」

そんなこんなで歓迎されているのかいないのかわからない感じで声をかけられる。

この場にいる他国の代表者は、有名な四か国だけだ。

別に敵対しまくる必要もないだろう。

国同士でのぶつかっている部分はあるが、最終的な話世界から魔力がなくならないようにするための仲間たちなんだからな。

挨拶だけをかわし、不貞腐れた顔をしていたイケの隣に座った。

「久しぶりだな」

「……あんた、生きてたんだな」

やはり、気づいていたようだ。

「お兄ちゃん生きてて嬉しいか？」

「はっ、そんなわけねぇだろ。おまえのせいで、オレがどれだけ苦労したか、わかってんのか？」

「苦労……？」

「てめぇの弟ってだけでな、勝手にオレまで無能者って呼ばれてきたんだよ！　誰も、オレのことを見ようともしねぇんだよ！」

イケが声を荒らげ、俺の胸倉をつかんできた。他国の代表者たちは面白いものでも見るかのように、こちらを見てきた。

イケが俺を掴む腕は怒りが籠《こ》められ、震えていた。

「そうか」

「そうか、じゃねぇんだよ！　てめぇのせいで、オレがここにたどりつくまで、どれだけ苦労したと思ってんだよ！　なのに、てめぇはなんでまたここに戻ってきたんだ！　なんで、あんたはシーア様の騎士になってんだ！」

イケは悔しそうな声をあげ、俺を睨んできた。

……結構、苦労しているみたいだな。だが、それは俺だって同じ。

彼の手を払い落とし、イケを見る。

「俺だって、何もしてこなかったわけじゃないんだ。迷惑？　悪いが、俺は家を出ることで、ケジメを取らされたはずだ」

それが、俺の『無能者』という評価へのケジメだったはずだ。

それ以上を俺に求めるのなら、お門違いではないだろうか。

イケも理解はしているようだ。それでも、俺が憎いようだ。

「あ、あのそろそろ代表者挨拶を始めますので、みなさん準備してください」

司会と思われる人間が控室へと顔を見せる。他国の代表者たちが部屋を出ていく。

イケも一度息を吐き、俺を睨みつけてから歩きだした。

……イケがどんな生活を送ってきたのかは知らないが、俺だって苦労しているんだ。

何もしていないのに、何かを得たみたいな言い方をするんじゃねぇよ。

切り替えるために、何度か深呼吸をしてから、俺も控室を出た。

ちょうど学園長の挨拶が終わり、俺たちは壇上横の階段をあがっていく。

簡単な解説をされたあと、代表者の挨拶が進んでいく。

皆、綺麗な当たり障りない挨拶をしていく。イケも事前に用意していたものなのだろう。それを言い終えて俺にマイクを渡してきた。設置した魔石に音を飛ばし、響かせる魔道具だ。

それを受け取った俺は、軽く息を吐く。

俺の紹介は、リシェール家の騎士になった人というものだ。

新入生たちは、俺を見て馬鹿にしたように笑っていた。

「おい、あのアークって奴。なんでも、教科書に載っているあのアークらしいぜ？」

「おいおい。じゃあなんであんなのが代表者挨拶なんかしてるんだ？」

「さあな？　コネじゃないのか？」

「おいおい。リシェール家っていやぁ、ノーム国でも最強の家だったよな？」

「ノーム国っていうか、世界全体でみてもな。それが落ちたもんだよな？　あんなのをコネで入れるなんて」

「……シーアとかいう落ちこぼれが次の当主になるかもしれないんだろ？　もう、リシェール家は終わ――」

……なるほどな。スパイトも別に俺を私怨だけで騎士にしたくないわけじゃないんだろう。

こうなることを、スパイトは予想していたのかもしれない。……笑えないな、こりゃあ。

俺という人間の評価が、地の底よりも低いことは理解した。

気づけば、体育館内には笑いが溢れていた。イケをちらと見ると、彼も憎々しげにこちらを見ている。

俺なんかがここにいる。それだけで、ノーム国の評価まで下がる。

俺はちらと、ロクロ先生を見た。ノーム国の教師は他にもいたが、ロクロ先生が先頭に立っていた。

ロクロ先生は俺を見て、穏やかに笑っている。

……たぶん、イケの前で俺の情報を話したのもすべて計算してだ。

あの人は、色々考えているのだろう。

俺が、次にどう動くのかも、すべてわかって、ここに立たせたのかもしれない。

シナリオ通りに動くのは好きじゃない。だが、俺は――シーアを馬鹿にしている奴らを許すつもりはなかった。

どう示すか、と思った俺は、身体強化を発動する。

そして、喉に魔力を集めていく。そうして、思いきり息を吸い込み――

『静かにしろ、雑魚共が！』

わかりやすく、叫んでやった。

俺の魔力が乗った声をうけた彼らは、目を見開き、何名かがその場で倒れた。

耐えられた人は数少ない。壇上にいた彼らと、何名か成績上位の人たちくらいじゃないだろうか。

脅す必要はもうない。俺は普通の声で、彼らに声をかける。

『文句がある奴がいるなら、今ここで壇上にあがってこい！　全員一気に来てもいいぞ？　全員相手してやる！』

俺の次の言葉を聞いて、壇上にあがってくる人間は――いないはずだった。

魔力を込めた俺の声に全員が驚き、その場が収まるはずだった。

そう、バカを除いて。

ぱちぱちと手を叩きながらやってきたのは、リーベだった。

「なかなか、やるみたいで安心しましたわアークッ！　これなら、今日の決闘も楽しみですわね」

「どちら様で？」

「り、リーベですわよ！　い、以前お店で会った！」

まあ、ある意味……空気を変えるにはちょうどいい奴が来てくれたもんだな。

在校生の代表者もここにいることは知っていた。……まあ、シーアが代表者じゃなくてよかったな。

あんなに好き勝手言われているのを、シーアに聞かせるわけにはいかない。

リーベが俺からマイクを奪い取り、楽しそうに腕をあげる。

『おまえたち！　わたくしは今日、アークと決闘する予定なんですのよ！　わたくし、勝つから見に来てくださいまし！』

……これで、俺の実力は否が応でも、証明されることになる。

先程、俺の声で倒れていた人たちも徐々に復活して、リーベの演説に耳を傾けていた。

これで、リーベにあっさり負けたらだっせぇな。

負けるつもりは、欠片もないが。


入学式を終えた俺たちは、校庭に移動した。そこに、決闘を行うための場所があるからだ。

すでに、かなりの人が集まっている。

あの体育館にいた人はもちろん、それ以外の人も多く集まっている。

無能者のアーク。教科書に載るほどの落ちこぼれが、学園でも屈指の実力者と決闘をする。

それを見たい人間がたくさんいたというわけだ。

「リーベはどんくらい強いんだ？」

俺は合流したシーアにそんなことを聞いてみた。

「かなりよ。学園で行われた大会でも、何度か優勝しているわ」

「そいつはなかなか……ってことは、魔法外装も使えるのか？」

「ええ」

スパイトも使っていた魔法外装……それは簡単にいえば、魔法を装備する、というものだ。

そうすることで、身体能力は格段にあがり、さらに固有魔法も使いこなせる。

……基本魔法である身体強化が、必要ない、いらない、といわれる最大の理由でもある。

固有魔法を極めた先にあるのが、この魔法外装なんだからな。

「まあ、まだすべてを完璧に扱いきれているわけではないようだけど」

「それでも、すげぇ奴なんだ、あいつ」

魔法外装なんて、誰でもポンポン使えるものじゃない。

少し離れたところで準備体操をしているリーベを見て、俺は思わず笑みを浮かべてしまう。

どれほどの力か、楽しみだな。

「……アーク。何をにやけているのかしら」

「いやいや、ちげぇから」

俺がリーベの体操服姿を見てにやけていたとでも勘違いしたようだ。

そういうわけじゃねぇっての。しばらくして、準備が整った。

「そんじゃ、行ってくる」

「アーク。怪我だけは、しないでね」

「わかってる」

怪我してでも勝つけどな。ここで負けたら、体育館であんな威嚇を飛ばしたのが恥ずかしいからな。

リーベと向き合って睨みあう。彼女は腕を組んで、じっとこちらを見ていた。

「先に負けたほうの罰ゲームについて決めておきましょうか。どうしますの、アーク」

「罰ゲーム？」

「ええ、そうですわ。決闘は学園に申し込むことで行えますの。気軽に誰でも申し込めないよう、負けたほうにそれなりの罰を与えることになっていますのよ。だから、あなたに今のうちに何の罰がいいか聞いておこうと思いましたの」

「そうか。それでどうするんだリーベ？」

「良い度胸ですわね」

リーベが拳を鳴らし、首をひねる。

……どっちも、負けるつもりはないってわけだ。

審判を務めるのは、ロクロ先生だ。

「いいですか、二人とも。相手を殺すような攻撃はダメですよ」

「わかっていますわ。あなたこそ、ノームの教師だからとそちらに有利な審判をしてはなりませんわよ」

「そんなことはしませんよ。それでは二人とも、いつでも始めてください」

ロクロ先生の声を合図に、俺たちの周囲を何かが覆っていく。

……恐らくは結界魔法だろう。外に被害を出さないための、なんだろう。

「そんじゃ、始めるとするか」

軽く足を伸ばしてから、身体強化を発動する。

まずは、60％でいかせてもらおう。彼女がどれだけの力を持っているかはわからないからな。

まあ、恐らく……これでどうにかなる相手ではないだろう。

リーベが大地を蹴り、俺へと迫る。

彼女はすでに魔法を発動している。ただ、魔法外装ではない。

固有魔法の効果によってか、身体能力は異常なほどに向上している。

舞うように殴り掛かってきたリーべの攻撃をすべて捌いて、一度後退する。

「……なかなか、やりますわね」

「そっちもな」

「あまり、無駄に時間をかける意味もありませんわね。……全力で、いかせてもらいますわ」

「ああ、どうぞ」

リーべは次の瞬間、火を放った。

彼女の全身を火柱が包んでいく。火の中にいても、彼女はまったく燃える様子はない。

火が収まった瞬間、彼女の体からは火が時々吹き出していく。

リーべが一歩動くたび、自己主張するように火が体から漏れる。

試しに近くの小石を彼女に投げると、火が吹き出し、それを弾いた。

……まるで火の鎧だな。

「魔法外装を見るのは初めてですの？」

「こうして、じっくりと見るのは、だな。熱くないのか？」

「ええ、まったく。ですが、この火はあなたにとっては害ですわよ？」

リーベが微笑を浮かべ、腰を落とした。

彼女の構えは、近接戦闘を行うようなものだ。

魔法使い同士の戦いは、魔法を近接で相手に叩きこむこと。そして、魔法発動中、準備中、すべての間において常人の基本魔法以上の身体強化が施される。

ただの身体強化、と馬鹿にされる最大の理由である、魔法外装。

魔法外装による強化は、補助程度の身体強化どころか、下手したら俺の身体強化よりも強いかもしれない。

……さすがに、やばいかもな。

だが、口角は気づけばあがっていた。体の奥がドクドクと慌ただしく脈打っているのがわかる。

……はは、俺は結構戦いが好きなのかもしれない。こうして、全力で戦えることに、俺は今ワクワクしてしまっている。

周囲が静けさに包まれた。

お互いに睨み合うこと数秒――先に動いたのはリーベだ。

まずはお互い拳をぶつけあうような突撃。

力は互角だ。リーベが驚いたように目を見開いている。そりゃあ、こっちもだ。

彼女の火が襲い掛かる前に、逃げる。

グルドにたっぷりと鍛えられた体がすぐに次の動作へと移る。

リーベの拳をしゃがんでかわし、その場で回るように蹴りをお返しする。

リーベが崩れ、そこに俺が拳を振りぬく。

だが、攻撃は空を切る。リーベは火を地面に放出し、横に滑るようにかわした。

そして、足を振り下ろしてくる。

俺は腕を交差させて受け止める。お互い一度距離をとり、顔を見合わせる。

「……驚きましたわ。あなた、魔法外装を使っていませんのね？」

「ああ、身体強化だけだ」

「へぇ――それで、あれだけ動けますのね。これなら、本気でやっても問題なさそうですわね」

本気、か。やはりまだ彼女も全力を出していなかったようだ。

俺はネクタイをゆるめ、上着を脱いで近くに投げる。ワイシャツのほうがいくらか動きやすい。

何度かその場で跳ねてから、腰を落とす。

「それじゃあ、こっちも本気で行かせてもらう」

「ええ、楽しみにしていますわ」

お互い再び構える。次は80％だ……っ。

引き上げた強化によって、肉体が悲鳴を上げ始める。

１００％まで引き上げられるといっても、それは体の限界で戦い続けるわけだ。負担は大きく、長時間の使用は難しい。

大地を蹴り、リーベに肉薄する。彼女は目を見開き、驚いたように横に体を動かす。

俺の拳をかわしたが、リーベの体勢は崩れた。

彼女の腕をつかみ、放り投げる。

「逃がすか！」

追撃しようとしたがリーベは空中で火を放ち体勢を直しながら、火の矢を打ち出す。

それはまさに火の雨だ。かわしきれないので、俺は両腕を思いきり下げる。身体強化は１００％！　それから振り上げる。

風が巻き起こり、火の雨が掻き消えた。

驚いて目を見開いているリーベとの距離を詰める。

リーベは右腕に火をまとい、振りぬいた。

火の柱が襲い掛かるような状況を、俺は横にとんでかわす。俺がいなくなった大地を、彼女の火が焦がす。

すぐに体を起こし、リーベに接近して、殴る。

殴った感触がおかしかった。リーベの腹を殴ったのだが、とてつもない熱に襲われた。みれば、彼女は火を使って体を守っていた。

……だが、ダメージがなかったわけではないようだ。リーベは腹を押さえ、顔をしかめている。

「……今の一撃、なかなか効きましたわね」

「こっちもまさかカウンターにこんなもんをもらうとは思ってなかったぜ」

手を叩くように火を払う。

魔法ってのはずるだな。攻撃、防御を同時に行うなんて俺には絶対できない。おまけに、遠距離までカバーしやがる。

リーベが片手をあげると、火の矢が彼女の頭上にいくつも浮かび上がった。

「あまり、時間をかけて戦うのは好きではありませんの……。次の一撃を入れたほうの勝ち、というのはいかが？」

「ちゃっかり、そっちに有利な条件提示してんじゃねぇぞ。お互い、拳をぶち込んだほうの勝ちってのはどうだ？」

ふん、とリーベが口元を緩める。

「当たり前ですわ。わたくしだって、こんな小さな火の矢がかすったくらいで勝ち誇るようなプライドは持っていませんわ」

すっと持ち上げたリーベの腕が振り下ろされる。魔力のこもった火の矢が、俺に襲い掛かってきた。

これを食らってもいいというのなら――っ。

大地を蹴り、火の雨を最小限に受けながら突破する。

彼女の火の矢は、陽動だ。リーベは次の一撃を当てやすくするために、わざと俺に回避できる余裕をもたせた火の矢を放ってきた。

だから、突っ込んだ。彼女の意表をつくために。

俺の行動が予想外だったのだろう。リーベが遅れて動き出す。

俺も彼女にあわせ、拳を構えそして——身体強化を20％にまで落とす。

俺の動きが一瞬緩む。その異常な変化にリーベがタイミングをずらされたようだ。狙い通りだ。

そこから一気に１００％に引き上げる。俺が加速したことで、リーベが急いだように拳を振りぬいてきた。

「……っ!?」

その一撃を俺はかわした。しかし、リーベも俺の速度についてきた。だが、なんとかといった感じだ。

リーベはすかさず体を反転し、俺に肘を入れてこようとした。

俺はそこまで見えている。

彼女の右肘を押さえ、とびかかりながら俺は右手拳で彼女の顔を殴りつけた。

ぺちっという感じで。さすがに、思いきり殴るのは気が引けたので、そこは加減した。

リーベは少しよろめいて、それから……ふっと口元を緩めた。

それまでまとっていた大量の魔力をすべて消し飛ばし、彼女は悔しそうに唇を尖《とが》らせた。

「負けましたわ……うぅぅぅ！」

リーベが頬を膨らませ、唸っている。

勝ち、ねぇ……勝った気はしていない。

両手には火傷ができていた。正直いって、痛い。ただ、これでも動けたのは痛みに耐性があったからだ。

グルドが俺に教えてくれたことの一つが、痛みになれることだった。病院なんてない森で暮らしていくには、ある程度自身の体調の限界を伸ばす必要があったからだ。

「しょ、勝者……アーク！」

ロクロ先生の声が響いた途端、結界が解除される。その瞬間、それまで結界に遮られていた生徒たちの声が、一斉に届いた。

「ま、マジで倒しやがったぞあの男！」

「無能者の、アークじゃなかったのかよ!?　リーベとやりあって、普通に勝っちまったぞ！」

「わ、わけわかんねぇ！　ノーム国にあんなバケモンがいたのかよ!?　意味わかんねぇ！」

「は、ハハ……すげぇやつだな……、おい」

「あれで、身体強化だけっていうのかよ!?　おかしいだろ!?　どうなってんだ!?」

そんな溢れる声に、俺は耳を押さえているとシーアが走ってきた。

「アーク、治療するわ」

シーアはもともと準備していたのだろう治癒魔法を使ってくれる。

俺の火傷はもちろん、焦げていた服もすべて元通りになる。

俺は隅に放り投げていた上着を羽織りなおした。

「いい、試合だったわね」

シーアは俺とリーベを見てそういった。

それは本当に素直な言葉だったのだろう。だが、リーベは悔しそうに地団駄を踏んだ。

「ま、また今度、やりますわよ！　次は負けませんわよ、アーク！」

「いやもういいだろ」

「勝ち逃げは許しませんわよ！」

べーっとリーベが舌を出し、その場から逃げるように駆け出した。

……その目にはちょっとだけ涙が浮かんでいた。

だからこそ、シーアもいつものようにからかうのをやめたのだろう。

「……あんた、本当にすっごい強くなったのね」

「……みたい、だな」

「なによそれ。自分のことなのに」

今までは、よくわからなかったんだ。

魔族に勝ったとか、騎士に勝った、とか試験官に勝ったとか……。確かに強くなったんだろうけど、どのくらいなんだろうって。

けど、学園で評価されているリーべと真っ向からぶつかりあって、それを破ることができた。

これで、俺の評価とシーアの評価。少しは改善できただろうか？

周囲を見る。ノーム国の人たちは期待するような目を向けてくれている。他国の人たちは、恐れるような――。

……ああ、これが今の俺に対しての評価なんだな。

シーアの騎士として、これからもっともっと頑張らないとな。

第七章　並行世界と旅人

入学式が終わった次の日。

俺は配属されたZクラスの教室に来ていた。

昨日は入学式と決闘で一日が過ぎてしまったので、これが俺の初めての登校だ。

魔力の適性でわかれるこの学園では、新入生と在校生が入り交じったクラスというのも出来上がる。そこは、筆記試験での成績やこれまでの学習経験を考慮して決まるらしい。

これからはクラスメートと仲良く切磋琢磨して、旅人としての力をつけていく。……と思っていたんだがな。

俺は今いるクラスメート二名の顔を見ていた。

シーア、リーベ……以上！

何の新鮮味も感じなかった。見知った顔の二人しかいないんだからな。

他の人たちとも仲良くやっておきたかったんだが……。

「だ、だからわたくしのこれは寝癖ではありませんわよ！」

びしっとリーベは両手で頭を押さえて、涙目である。

「どう見たって寝癖じゃない。どうせ、寝坊したんでしょう?」

「し、していませんわよー!」

シーアとリーベはいつものことなんだろう。リーベが声をかけ、シーアがそれを軽くあしらい、リーベが何か言おうとしても八方塞がり……。

今にも泣き出しそうな顔で、リーベは頬を膨らませている。

まあ、俺のほうに来ないのなら好き勝手やっていてくれという感じだ。

「アーク!　あなたのご主人様がいじめますの!」

……来るなっての。

泣きついてくるんだからやめてほしい。引っ付いてくるリーベを引きはがしていると、シーアも加わる。

「あなた、人の騎士に勝手に触れないでくれるかしら?」

シーアもリーベを引っ張り、リーベが俺を引っ張ってくる。

担任はまだか。授業をはじめてくれ。それか別の生徒でもいい。

この状況をどうにかできる人間なら誰でもよかったが、他のクラスメートに関しては期待できない。

Zクラスに在籍している生徒は合計二十名いるそうだが——俺たちを除いた全員は並行世界入り

してしまっている。

Z適性を持っているのが世界全体でみてこのクラスにいる人間だけだ。

だから、即戦力である新入生を含めた全員が、すでに旅人としての仕事を開始している。

リーベを引きはがすと、彼女はびたーんと教室の床でしくしく泣いていた。

それを無視して、シーアに問いかける。

「なんで、こいつは残っているんだ？」

在校生にして、実力は十分のリーベ。

彼女も旅人として仕事をさせればいいのでは？　そうすれば俺とシーアの二人きりとなるのに。

半分は下心。ただ、半分は純粋な疑問だ。

「……リーベはバカなのよ」

「誰がバカですの！」

「バカで、言うことが聞けないの。……いえ、聞けないのではないわね。学園の指示を忘れてしまうの」

「……やべぇな」

「何度かZ世界に行ったこともあるのだけど、失敗して帰ってきているわ」

……なるほどな。容易に想像できる。

失敗して、別の旅人がその尻ぬぐいをしていそうだ。

「べ、別にあれは失敗ではありませんのよ！」

リーベは必死に否定しているが、彼女の言葉への信頼は一切なかった。

リーベの首振りを眺めていると、教室の扉が開いた。そこには見慣れたロクロ先生がいた。

彼は温和な笑みを浮かべている。

「もしかして、ロクロ先生が担任ですか？」

俺の問いに彼はゆっくりと頷いた。

「うん、まあね。これでも、先生もZ適性持ちだからね。……ま、もう力はかなり衰えてしまったけどね」

年を取ればとるほど、固有魔法の威力は衰えていくからな……。学生のような若い子たちが主になって仕事をするのも、それが理由だった。

ロクロ先生が教卓で書類をまとめている間に、リーベも席に座った。

「俺たちはまだ仕事をしなくてもいいんですか？」

「……えー、まあ、うん。そうだね」

ロクロ先生はシーアとリーベを見た。

リーベはさっきの問題があって、使いづらく、シーアは……あんまり戦闘能力がない。

そりゃあ、ロクロ先生も言いにくいだろう。聡いシーアは、そのあたりの事情も理解しているようで、口をへの字に曲げていた。

能天気なリーベは、

「わたくしも仕事欲しいですわ！」

「アークくんも、さすがに一人で授業というのも可哀そうだからね」

「そうですか！　寂しがりですわねー」

う、うざい！

わざわざロクロ先生が気遣ってそういっているのだが、リーベは満足げにこちらを見ている。

「ふふーん。だから言ったでしょうアーク。わたくしがここにいるのは、あなたのためでもありますのよ？」

ロクロ先生、こいつにだけは真実を伝えたほうがいいと思いますよ？　こいつのドヤ顔を見続けるのは腹立たしいです。

しかし、ロクロ先生は頰を引きつらせるだけだった。

「とりあえず今日は、旅人の事例を参考にしながら、アークくんに基本的な旅人の役割を再確認してもらう授業になるけど、二人も、それでいいかな？」

「ええ、構いません」

シーアがそう答えると、ほっとしたようにロクロ先生は頷いた。

シーアは天才を自称していたが、それは嘘ではないらしい。……学園の筆記試験ではいつも一位を取り続けているような奴だ。彼女の問題は、固有魔法と友達がいないくらいである。

だからこそ、ロクロ先生はシーアに確認したんだろう。……リーべはたぶんビリじゃないの？　俺と一緒に受けても問題ないだろう。

「わたくしも、構いませんわよ」

ふふん、と調子よく笑っている彼女にロクロ先生が頬を引くつかせている。

「あなたはちゃんと聞きなさいよ。どうせ忘れてるんだから」

「忘れていませんわよ！」

「なら、これから先生の事例に答えてみたらどうかしら」

「い、いいですわよ！」

本当に大丈夫なのかこいつ？

「いいのかリーべ？　できない約束はするものじゃないぞ？」

「できますわよ！　馬鹿にするんじゃありませんわよ！」

リーべは胸を持ち上げるように腕を組む。シーアがそれをじっと一瞬睨みつけてから、肘をつく。

リーべは女性として色々発達しているからな。シーアはそれが気にくわないようで、揺れるそれを睨みつけていた。

「なにかしらアーク」

「なんでもございません」

俺はちらとシーアの胸に視線を向ける。

「ぶっ飛ばされたいのかしらアーク」

大丈夫だシーア。おまえは胸とか関係なしに可愛いからな！　とは口が裂けても言えないので、そっぽを向いて誤魔化した。

ロクロ先生がとん、と教卓に資料を並べた。

「それじゃあ、リーベさんに聞いてみましょうか。まず、旅人の役目とはなんですか？」

「それはもちろんあれですわよ。この世界の魔力が枯渇してしまわないように頑張るんですわ！」

合ってる。合ってるんだけど、何も考えていないような満面の笑顔で言っているとなんだかバカっぽい。「頑張るんですわ」というのも最高に能天気な回答である。

ただ、ロクロ先生は感動している様子である。これで感動しちゃうんですか先生。

「……よかった。今回は答えられましたね」

「もちろんですわ！」

……以前、間違えたんだな。

「ではどうやって旅人は魔力を枯渇しないようにするんですか？」

「並行世界に行き、そこで魔力を回収するんですの！」

「はい。では、どのように？」

「並行世界には魔力を生み出す人がいるんですわ！　その人の願いを叶え、幸せを与えることで大量の魔力が生み出されますわ！」

「そうですね。では、旅人はその魔力をどのようにこちらの世界に持ち帰りますか？」

「特殊な魔石に魔力を回収しますのっ。あとはその魔石をこの世界で割れば、たまっていた魔力を解放できますの！」

「アーク、彼女を捕まえなさい！　偽物よ！」

シーアが慌てた様子でリーベを指さした。

「なんですのいきなり！」

「あなたがそんなきちんと答えられるはずないわ！」

「なんですのその無駄な信頼は！」

シーアとリーベが再び口論を始める。こいつら、なんだかんだ言って仲が良いんだな。

「ま、まあシーアさん。今日はリーべさんの調子が良いということでは……？」

「そうですわよ！　……ん？　調子がいい？」

「調子が悪いと答えられないみたいだな」

「せ、先生！　そんなことありませんわ！　いつもわたくしは絶好調ですわ！」

確かに。最高に頭が空っぽな様子ではある。

「そう、ですね。リーべさんはいつも絶好調ですね……」

「はい、絶好調なんですわ！」

何も考えていないような笑顔である。やっぱり基本アホ、という認識で間違いはなさそうだ。

「それじゃあ、次の質問に移りましょうか。そんな魔力を持っている人たちを幸せにする手段についてですね」

「まかせてくださいまし」

「これまでに確認されている、魔力を持つ人たちの願いをいくつかあげてもらっても良いですか？」

ロクロ先生の言葉に、リーベは顎に手をやった。

「そうですわねぇ。強い奴と戦いたいとか、ある迷宮攻略を手伝ってほしいとか……でしたっけ？」

「素晴らしいですリーベさん、その通りです。このように、基本的に荒事が多い旅人ですが、稀に戦わない願いを持つ人がいるというのも事実です。では、それはどんなものだったでしょうか？」

「えーと……」

リーベが頬をかいている。眉間を寄せ、どうやらダメそうである。

ロクロ先生は笑みを浮かべて、首を振る。

「さすがに、抽象的でしたね。それでは、実際にあった世界の事例をあげてみましょうか。初めは、第13Z世界についてですね。第13Z世界といえば、何度か話をしましたが、リーベさんは覚えていますか？」

ひく、っとリーベが頬を引きつらせている。

何度もその表情をしているので痙攣《けいれん》みたいになっているな。

「え、えーと……13は……ひ、ヒントは!?」

ロクロ先生は考えるように顎に手をやり、それから困った様にいった。

「恋愛、でしょうかね」

「もうほとんど答えね」

シーアがぽつりともらしたが、リーベは眉間を寄せたまま唸っていた。

ロクロ先生が苦笑しながらシーアを見た。

「それでは、シーアさん。答えてみましょうか？」

リーベはううぅと唸りながらシーアを睨んでいる。

「ちょっと、うまい表現が思いつきませんわ。ここまで、ここまで出ているんですけれど！」

リーベは喉の部分を何度も示している。いや、たぶんまったく出てきてないんじゃないだろうか。

ロクロ先生がシーアに視線を向けると、彼女はすっと息を吸いこんだ。

「魔力を所持していた者は、ある人との恋を手伝ってほしかったんです。……ですが、それは失敗に終わってしまいました。応援していた旅人に、その人が惚れてしまいました」

「はい。そのとおりです。……ですから、その人と旅人は一度だけデートを行い、第13Z世界の魔力回収はそこで終わりとなりました。他の並行世界と比較しても、魔力の回収が少なかったのは、きっと、本当の意味で魔力を持つ者の願いを叶えることができなかったからでしょう」

……なるほどな。その人はきっと、一緒にいたいと願ってしまったのだろう。だからこそ、うまくいかなかった。

少しばかりの切なさを感じてしまった。戦いが基本ではあるが、それ以外の可能性か。

「次の事例は――そうですね第６Ａ世界にしましょうか。ここでの願いはなんだったか覚えていますかリーベさん？」

「えーと……ヒントは？」

「答えいきますね」

「先生待ってくださいまし！　ヒントを聞けばわかるかもしれませんわ！」

「この世界では、鬼ごっこをすることが願いでした」

もう、リーベを待つことはないようだ。リーベは泣きそうな顔だ。

「その子と鬼ごっこをしただけで、願いが叶い魔力を回収できました。このように、難しいものと簡単なものでは大きな差があります。……まあ、行ってみるまではわからないというのがどちらにも言えることですね」

なるほどな。……たまたま訪れた場所がそういう場所であれば、シーアでも旅人はできる。

……けどきっと、そういうのは例外的なものなんだろう。

多くの場合は命が関わるような戦いばかりなんだ。

シーアに勉強を教えてもらったときの事例では――それこそ、旅人の死について何度も触れられていた。

旅人の仕事は偉大だが、年間で見ても決して少なくない数の人が命を落としている。

それは、異世界での戦いはもちろん、魔族による襲撃を受けることもあったからだそうだ。

だからこそ、固有魔法による身体強化が期待できないシーアに、旅人は難しい、というのが学校側の評価なのだろう。

と、そこで部屋の魔石から、授業の開始と終わりを告げるためのチャイムが響いた。

「それでは一度休憩をはさんでから、細かい事例についての話をしていきましょうか」

ロクロ先生がそういって、俺は軽く伸びをする。

休憩の後は、また授業となる。

午前中は途中休憩をはさみながら、様々な旅人の事例を聞かされることになった。

ロクロ先生はちらと俺を見てくる。

「アークくんは、Z世界以外にも行くことができますよね？」

「……そう、みたいですね」

「他の人よりも旅人としての仕事が増えていくと思います。頑張ってくださいね」

「はい、わかっています」

とんとん、とロクロ先生は資料をまとめる。

ちらと彼は時計を見て、ちょうどチャイムが鳴る。

「それじゃあ、午前の授業は終わりにしますね。午後については、私の授業はありませんから、校内を見て回るもよし、他クラスの授業に参加してもらっても構いませんよ」

「……そんなこともできるんですか？」

「はい。Ｚクラスの生徒は……まあ、このとおり集まりにくいので授業という授業がないんです。ですから、他クラスに交ざって自主的に授業を受けていく形になっています」

たまたま今日は、三人集まったからこうして授業を行ったというわけか。

なら、あとでロウとケイスがいるＡクラスにでも行ってみたいものだな。

ロクロ先生が「あっ」と思い出したように口を開いた。

「それと罰ゲームについてですね。決闘で敗北したリーベさんへの罰ゲーム、何か決まりましたか？」

あー、そんなのもあったな。

俺個人としては、別にどうでもいいが学園のルールは守らないといけない。

リーベが顔を引きつらせながらこちらを見てくる。

「あ、アークあれですわよ？　エッチなこととかはダメですのよ？」

「アークなに？　エッチなことを要求するつもりだったの？」

「んなわけねぇだろ。興味ねぇっての。リーベ、何か嫌いなことはあるか？　あんまり酷いことするのも可哀そうだしな……」

「え？　アーク優しいんですのね」

目を輝かせてこちらを見てくるリーベに、俺はふっと頬を緩める。

「当然だろ？　全力で戦った仲なんだしな。それで何か嫌なこととか、苦手なものってあるか？」

「そうですわね。嫌なこと、苦手なもの……あっ、野菜を食べるのは嫌いですわね！」

「そうか。他には？　嫌なこととかってあるか？　日常的に身に着けるもので、これだけは嫌だ……とか」

「身に着けるもの？　そうですわね。わたくしって高貴ですわよね？」

「ん？　あ、ああ」

「一応これでも、リーベはサラマンダー国でいえば、あたしと同じくらいの立場よ。一応ね、一応」

「一応一応うるさいですわよ！」

……そうなのか。まったく高貴さを感じたことがなかったぜ。

リーベはこほんと咳ばらいを一つする。

「そういうわけでわたくしは、使用人が身に着けるようなものは嫌いですわね。安いものはいらないというわけですわ！」

「それじゃあ、メイド服を着るとかは？」

「最悪ですわね！」

「そんじゃ、メイド服着て、三食すべて野菜を食べるってことで以上！」

「アーク!?　優しさはいずこへ!?」

「わかりました。それじゃあ、あとでやってみてくださいね」

ロクロ先生が笑顔でそういって、教室を去っていった。

「じょ、冗談ですわよねアーク？」

「俺はいつだって本気だぞ、リーベ」

「バーカバーカ！」

リーベが腕をぶんぶん振り回し、俺を指さし叫んでくる。

「まっ、罰ゲームは決心がついたときにでもやってくれればいいぜ。そんじゃ、シーア。飯でも食べにいくか？」

「そうね。それじゃあリーベ。覚悟が固まるのを期待して待っているわ」

ふふん、とシーアが楽しそうに笑い、教室を出た。

「いつも食事はどうしているんだ？」

隣を歩くシーアに声をかける。

それにしても、こうして学園を歩いていると少しだけ昔を思い出す。

……懐かしいな。またこうして学校に通えるなんて夢みたいだ。

「そうね……だいたい、学園にこんなにいたことがないからわからないわね」

「わたくしはだいたいいつも食堂ですわね」

「……シーア、食堂に行ったことは？」

「どうしてあんなに人であふれかえった場所で食事をしないといけないのかしら？」

「いいじゃないか。友達と一緒に……」

「友達？　何かしらそれ？」

「わたくしも、友達はいませんのよね……。まあ、今日は三人で一緒に」

当たり前のようについてきたリーベをちらと見る。

リーベがにこっと笑った。能天気で何を考えているのかわからん笑顔だ。

「一緒に食べるのか？」

「だ、ダメですの？　わたくしたちクラスメートではありませんの!?」

「いやまあ、俺はどっちでもいいんだが……」

シーアが難しい顔をしている。

「まあ、別にいいけれど……バカをうつすんじゃないわよ」

「バカはシーアですわよー！　バカがうつるわけないじゃありませんのー！」

「バカを否定しなくていいのか？」

「はっ！　バカではありませんの！」

呆れた様子でシーアが肩をすくめて歩きだす。

そんなシーアに、リーベがくっつくように追いかける。

……やっぱり、なんだかんだ仲良いな。

二人を前にして、俺はついていく。気分は完全に従者である。

食堂につくと、あまりの人の多さに頬が引きつる。

確かにシーアの言っていた通り人でごった返していた。

ここで食事をするには、まず席の確保をする必要があるな……。想像以上に混んでいて、それもなかなか大変そうだ。

食堂の店員はメイドや執事たちが行っている。俺たちと同い年くらいか？　そういえば、学園には従者学科もあったな。

執事、メイド候補たちが通うのだ。

実際の仕事が授業の一部となるらしい。バイト代も入って一石二鳥という感じなのではないだろうか？

皆走ることはないが、忙しそうな早歩きである。

そんな彼らもそうだが、食堂利用者の生徒たちも——みんなこちらを見ていた。

「……あれ、リーベさんだよね？」

「その隣にいるのは、シーアさん……それに、その隣って確か」

「リーベさんと決闘したっていうアークだよね？　平民の」

「決闘っていえば、どうなったんだ？　なんでも、アークって無能者の教科書に載っている奴と同一人物なんだろ？　それがリーベさんに勝てるわけねぇよな」

「お、おまえ知らないのか？　アークが勝ったんだよ！」

「え、なんで!?　どういうことだよ!?」

「わ、わかんねぇよ！　なんでも身体強化だけで」

「そんなので勝てるわけないだろ!?」

「勝ったのよ……凄かったわよ、あの戦いは……っ！」

少し耳を澄ますと、そんな会話が聞こえた。

決闘の見物人は結構いたが、さすがに全生徒ではない。そういう人間たちの視線はわかりやすい。

俺やシーアを見下したような目をしている。決闘の結果は目撃者たちの言うように俺の勝利で終わっている。

とはいえ、気にするだけ無駄だろう。決闘の結果は目撃者たちの言うように俺の勝利で終わっている。堂々としていればいいはずだ。

シーアの隣にいたリーベは不服そうに唇を尖らせている。

リーベは俺に負けたんだからな。昨日は悔しくて逃げ出すほどだったのだ。リーベが不満を感じていてもおかしくはない。

こちらを見る女性の集団がいた。そういえば、リーベと遭遇してしまったときは取り巻きを何人か連れていた。

「リーベ、取り巻きたちはどうした？　一緒に食事しなくていいのか？」

むーっとリーベが頬を膨らませ、腕を組んでいた。

「いいですわよ！　わたくしみんなの財布だっただけですの！」

ようやく気づいたのか……気づいてしまった、とでも言うべきか。

と、そのときだった。こちらに一人の男がやってきた。

イケだ。彼は俺たちを見て、まっすぐに近づいてくる。

……偶然ってわけではなさそうだ。俺たちに――いや、用事があるとすれば俺、だろうか。

イケはちらと、シーアを見た。

「シーア様、お久しぶりです」

口調は穏やかだ。だが、目つきは鋭い。

シーアはちらと視線だけを向ける。こちらもちょっと怖い。

……シーアはキルニス家の話題になると、昔からちょっと怖かったからな。

「俺の扱いが悪いキルニス家に怒りを覚えてくれてるの？　嬉しいご主人様！」、と言ったことがあるのだが、「人のおもちゃを勝手に壊そうとするのが気に食わない」と答えてくださった。

イケもシーアの返事は期待していなかったようだ。こちらに視線を向けてきた。

「アーク、昨日は一体何をしたんだ？」

「何をしたって、決闘についてか？」

「ああ、そうだ。……無能者のおまえが、どうやってリーベさんを倒したんだ。何かズルをしたんじゃないか！」

イケの声に強い怒りが感じられた。

それはまるで周囲にでも聞かせるような言葉だ。

シーアの表情が露骨に歪む。彼女の言葉責めが飛び出す前に、俺が口を開いた。

「別に、何もしていない。俺はただ、身体強化の基本魔法を使っただけだ。それこそ、おまえも使えるはずのな」

「……ふざけるな。それだけで、戦えるはずがないだろうっ」

「なら、試してみるか？　実際に、決闘してみたほうがわかりやすいんじゃないか？」

俺の言葉に、しかしイケはひるんだような顔になる。

……バカじゃない。だから、イケもわかっているんだ。

イケはリーベの力を理解しているのだろう。そしてイケは、リーベとの力の差を理解しているのだろう。

もちろん、戦いにはジャンケンのように相性があるのも確かだ。

だが、それは例外的なものだ。リーベに勝てないと考えているイケが、俺に勝てないと考えるのは当然だ。

イケは悔しそうに拳を固め、それからシーアを見た。

「……彼を騎士にするために、ずっと周りを拒んでいたんですか？」

「単純に、アーク以外に興味なかったのよ」

それは滅茶苦茶嬉しいお言葉なんですが。きっと、俺の考えるような意味ではないだろう。

シーアと目が合う。彼女はこほんと咳払いを一つ。

「失礼。ドレ――騎士として扱える人間がアークだけだったのよ」

ほれ見ろ。

「お嬢様？　今、何やら不穏な言葉を吐きかけたように聞こえたんですけど」

「何かしら、あたしの騎士様？」

笑顔で言われたら追及できませんね。

イケは悔しげに一度拳を固めた。何か色々とこみ上げる言葉はあったのかもしれないが、彼はそれを口に出さない。

イケは俺を一瞥してから、立ち去った。

「アークの知り合いですの？」

そういえば、リーベは何も事情を知らないか。

「まあ、そんなもんだな」

別にそれ以上のことを伝える必要もないだろう。

去っていったイケの背中を見て、

「相変わらずみたいね」

シーアがため息をつきながらそういった。相変わらず、という言葉が少し引っかかった。

「どういうことだ？」

「イケはアークを首にしてからよく自薦してきたのよ。オレはアークよりも優秀だ、って」

「……そうなんだな」

「何か、強いこだわりがあるように感じたわね。あたしがそんなに魅力的ということかしら……」

「そうじゃねぇな……痛い」

肘を軽く抓《つね》られたのでジトリと見てやったが返事はない。

「じゃあ、キルニス家がこだわっている感じかしら？」

「だろうな。キルニス家は下級貴族として長いからな。家としてもそろそろ結果を残さないと、貴族の立場も失いかねないんだ。色々、あるんだろうな」

イケ本人としても、色々抱えているはずだ。

俺も家から口を酸っぱくして言われ続けていた。

家のために、家のことを考えて――とかとか。

俺が家から追放されたことで、イケが家を継ぐということが確定した今、その負担は俺がいたときよりも増えているだろう。

ま、頑張ってくれって話だ。

シーアはしかし、まだ納得できないようで不満げにイケの後ろ姿を見ていた。

「まったく……決闘だってしたのだから、未だに過小評価している人たちが気に食わないわね。リーベがバカというのが原因かしらね」

「わたくし関係ありませんわよね！」

「ちょっとはその胸にいっている栄養が頭にいけばいいのに……」

「シーアは頭ばっかりに行っちゃったみたいですわね！」

「ってことは、馬鹿ということを認めるのね？」

すーっとシーアの目が冷たくなっていく。……胸がどうたらって言われて、頭にきたようだ。

リーベも感づいたようだ。何かまずいことを言ってしまったのでは？　と考えているようだ。

「わ、わたくし、さっき何を言いましたっけ……？　そ、そんな怒らせるようなことを——いえ、そんなことはありませんわ！」

もう覚えていないらしい。大丈夫なのかこの子は……。

リーベが反撃するように腕をふると、胸も震える。確かにすげぇな。男としての性《さが》か、つい目がそちらに向いてしまう。

「アーク。今何を見たのかしら？」

「何も見ていません」

今このタイミングでシーアに視線を戻すと、ついつい……比べてしまう。いや、そんな気はまったくないんだ。ないんだぞ。

「痛いですお嬢様」

シーアが頬をつねってくる。彼女はむーっとした顔で俺の頬を何度か引っ張った後、離した。

「まったく……男ってのは最低ね」

「何の話ですのー？」

リーベはまったく何も気づいていない様子でシーアに近づいている。

いやいや。シーアのほうが俺からしたら可愛いからな？

そういいたいのだが、口にできないこの立場が口惜しい。

シーアは未だこちらを小馬鹿にしたような目が気に食わない様子だ。

……とはいえ、現状俺に対する評価が難しいところで収まってしまっているのは仕方ないんじゃないだろうか。

固有魔法が強い世界で、誰でも使えるが誰も鍛えてこなかった、鍛える必要がなかった身体強化魔法で戦い、勝利した。

その場の状況を見ていない人からすれば、疑わしい部分もあるだろう。

「まったく。イケの奴が余計なことを言ったせいで、変な視線が増えたわね」

「まあまあ。イケだってな、生まれたての頃はもうちょっと可愛げのあるヤツだったんだぜ？」

「……アレにもそんなときがあるの？」

アレて。シーアが信じられないものでも見るような目である。それこそ、俺と再会したときのような顔である。

イケをなんだと思っているんだか。

「人間の性格は生まれたときに決まると思うか？　それとも、生まれた後か？」

「生まれたときではありませんの？　わたくし、ずっとこれですわよ」

……赤ん坊のときから変化なし、と。

「……生まれた、あとだと思うわ。あたしは、少なくとも、貴族を見ていたらいつのまにかこんな素直な性格になってしまったもの」

そうだね、素直に毒吐きますもんね。

「俺はシーアと同じ意見だ。生まれて、その育った環境で変わっていくと思ってる。イケはな、生まれたときに測定した魔力変換効率が良くて、親に可愛がられていたんだ。そして、弱い人間とされていた俺と出来る限り距離を離して育てられた。アレは落ちこぼれだ。アレと関わるな、アレは穀潰しだ、って親が洗脳するように言い続けたんだ」

「なるほど、だからひねくれたのねアーク。可哀そうに……」

「今のはイケの話な」

いや、まあ。俺もそんな虐待紛《まが》いの扱いをうけつづけてきたんだからこうなるってものだ。

幼い子は親を見て育つ。例えば、俺たちの世界にはゴキブリという生き物が存在する。

汚い場所に生息する生き物で、かなり嫌われている。

ただ、それは「汚い場所に生息する生き物」、という刷り込みがあるからだ。

例えば、これが幸福を呼び込む虫だとか言われていたら、今のように見つけ次第殲滅《せんめつ》されるようなことにはならなかっただろう。

「つまり、だ。まともな環境があれば、昔の純粋なままのイケでいてくれたかもしれないってわけだ」

俺が多少でも優秀だったなら、色々変わってきたかもしれない。

……ただ、その場合は俺も捻くれなかった可能性がある。そうなれば、今こうしてシーアとの出会いもなかったかもしれない。

そう考えると、運命というものはあるんだろうな、と思う。

何か一つが変われば、すべてが変わっていただろう。

生まれたばかりのイケを思い出す。はいはいで俺の後ろを追いかけてくる姿。

まだ、単語程度しか話せないときに、俺の名前を呼んで、追いかけてきたとき。

まあ、三歳くらいから親の影響が出始めてしまい、俺の思い出はそこで終了だ。短いな……。

現実を見た俺は、ロウとケイスを見つけた。

二人もこちらに気づき、片手をあげてきた。しかし、二人の頬が引きつる。

「よ、よぉアーク……と、シーア様に、リーベ様。こ、こんにちは」

ロウはそれこそ平民としてぺこぺこ頭を下げている。

シーアはひらひらと手を振っている。

「別に学園内でそういうかしこまった呼び方を求めるつもりはないわ。……それより、まさか、アる。

「入学式の日に知り合った感じで、その……です、あ、いや……えーと、はい、そう、だ」
ロウはとても話しにくそうにしている。俺が思わず口元を緩めていると、ロウがきっと睨んでく
ークの友達？」

悪い悪い。

「まあ、そんな感じだ。入学式のときに平民同士意気投合したってわけだ」

そう答えると、シーアとリーベは信じられないものでも見たかのような顔になる。

おいシーア。俺と再会したとき以上に驚いた顔じゃないかそれ。

「友達を一日で作るなんて……あなた本当に人間？」

それが基準なら、人類の大半が人間ではなくなってしまいそうだ。

「そうだ。二人もよかったら一緒に飯食わないか？」

「え!?　け、けどなぁ……け、ケイスどうする？」

「うぇ!?　ぼ、僕はその……別に、シーア……さんたちが良ければいいですけど」

「あたしは構わないわよ別に」

「わたくしもですわ」

その返事を聞いたが、ロウとケイスの表情は気が気ではないようだ。

……そりゃ、そうか。シーアとリーベに無礼があれば、そのまま彼らの首をすっ飛ばせるほどの

力があるからな。

二人ともそこまでのことをすることはないだろうが。

「それじゃあ、シーアとリーベ。席を確保してもらっていいか？」

「そうね。わかったわ」

二人なら五人分の席を確保するなんて余裕だろう。

俺たちがその間に料理を注文してくればいいというわけだ。

「そんじゃ、行こうぜ」

「お、おう」

ロウとケイスを連れ、受付に向かう。

料理を注文して、どこのテーブルに持っていくかを伝えればよい。

遠目にシーアたちを見ると、あっさり席を確保していた。67番テーブルね。身体強化で視力を強化した俺は、番号も完璧に見えていた。

「……おまえ、本当にシーアさんの騎士なんだな」

ロウがそういって、ケイスも頷いた。

「……すごい、ね。シーアさんといえば、滅茶苦茶有名人じゃん」

「そうはいっても普通の人と変わりはしねぇよ」

「……そう、考えられるのがすげぇよ。オレなんていつ首が飛ぶかってひやひやしてたんだからな」

シーアってすぐ首飛ばすくらいの奴だと思われているようだ。

まあ、そんだけ恐れられていればシーアに悪い虫もそう寄ってこないはずだ。

訂正はしない。お嬢様の身を案じる良い騎士だな。評判は？　知らん。

注文を受け付けている列に並び、俺たちは進んでいく。

「そういえば、二人ともAクラスだったよな？」

「ああ、A－8だぜ」

「イケがどこのクラスになったかは知っているか？」

「一緒だぜ、A－8だよ」

ああ、そうだったのか。

「そうか。どうだイケのヤツ。クラスでもあんな感じだったのか？」

「……うーん、そういや午前はクラスメート同士で模擬戦をやったんだけど、やばかったな」

「そう、だね。イケくん、凄い強くて……誰も勝てなかったんだよ」

……へぇ。もともと才能があるとは言われていたし、ノーム国限定とはいえ、一位入学している
だけの理由があるというわけか。

「あいつの氷魔法はやばかったな……近づくだけで体温を奪われてまともに動けなかったぜ……」

ロウが悔しそうに顔をしかめている。

「何だロウはもう、イケと戦ったのか？」

「……まあな。イケの野郎が、クラスにいた上位の人間を指名してな。他国の上位の人とも戦ってたけど、全員ボコボコだったぜ」

……あれだけの態度でいる理由もわからないでもないというわけか。

「おまえ、やけにイケを気に掛けるんだな」

「まあ、気に掛けるというか、色々絡まれたせいでな」

「そう、だな。……イケは気にくわないけど、逆らっちゃいけない相手ってのはわかった。な、ケイス」

「……そう、だね。たしかにちょっと酷い言葉を使う人だけど……反抗させないくらいの強い力をもってるよ」

……二人共非常に悔しそうである。

「イケは誰にでもあんな態度なのか？」

「ああ、そうだな。だから、みんなイケとは距離をあけてるぜ」

「……そうか」

「いつもピリピリしてる、からね。やっぱり声をかけづらいよ」

そこは少し意外なんだよな。家の方針からして、周りに敵を作るなとか言われていそうだが。逆なのだろうか？　今みたいに力を示し続けろと言われているのかもしれない。

それか、単純にイケがそういう性格なのか。

列が進み、俺たちの番になり、注文を終えて席に戻る。

シーアとリーベはどうにも微妙な距離感であった。二人とも特に話をしている様子はない。シーアはつまらなそうに肘をついていて、俺に気づくと口元を緩めた。

「遅かったじゃない。こっちはとっくに席の確保ができていたのよ？」

「かなり混んでるみたいでな」

「そこはあれよ。リシェール、ってぼそりと前の人にいいなさい。道が開けるわ」

「俺の楽しい学校生活が幕を閉じそうだけどな」

評判が最悪なことになりそうだ。あいつ、家の権力振りかざしてきやがったぞ、とか言われかねない。

俺は席に座り、ロウとケイスも静かに座った。

……それから、俺たちの席は沈黙する。

……ロウとケイスは、シーアたちがいるから話をしない。

シーアはどのように接すればいいのか距離感をつかみかねている様子だ。

自分を狙っている貴族の男子以外と、恐らくシーアはかかわったことがない。敵でも味方でもない、曖昧な距離のロウたちにはさすがにいつもの強気な口調をぶつけるわけにもいかないのだろう。

ちょっと待て。うちのお嬢様喧嘩腰以外で人と話している姿が思い浮かばない。

それならばリーベはどうだろうか。

こちらはまるで親とはぐれた子どものようだ。もじもじとその場で俯いて、一切口を開かない。シーアを見ては、何か声をかけたそうにしていたが、口をもごもごと動かしているだけだ。仕方ないので、俺が声をかけるしかない。

「そういえば、ロウとケイスは昨日の決闘は見ていたのか？」

「あ、ああもちろんだ。凄かったなアーク！　あんだけ戦えるとはまったく思ってなかったぜ！」

「うん……リーべさんも強いって聞いてたから、心配してたんだよ」

ロウとケイスが軽い調子でそう言ってくる。

とりあえず、共通の話題を振ってみたが、リーべもシーアも反応する様子はない。

リーべだけは一瞬声を出そうか迷うようなそぶりを見せ、また視線を落とした。

こ、こいつらめ……っ！　せっかく人が気にかけて話題を振っているというのにっ。

結局、そのあともぽつりぽつりとした会話程度しかその場には生まれなかった。

第八章　迫る影

「イケ様。バルフォン様がお呼びです」

「……父さんが？」

「はい」

「わかった。すぐに向かう」

屋敷についたオレはカバンを受け取りにきた執事にそう言われ、急いで階段をあがる。

書斎にはすぐについた。他の貴族の家と違い、我がキルニス家のもつ屋敷は平民の家に近いほど小さなものだ。

それでも外観だけは見栄を張っているため、この辺りに立ち並ぶ家々よりも豪華だ。

悪目立ち、しているとも言える。書斎につくと、父が険しい顔でこちらを見てきた。体が震えた。

「……イケ。アークについて、くわしい話を聞きたい。何がどうなっているんだ？」

「……それは――」

オレは現状わかっていることを伝える。

父の考えるアークと、過去に我が家から追放したアークが同一人物であること。

そのアークは身体強化の基本魔法しか使えないが、リーベを倒したこと。

それらを伝えると、父は口元に笑みを浮かべた。

「おまけに、リシェール家の騎士にもなった、と」

「……はい」

「それは最高だな。おまえの話が本当なら、今のアークには、価値がある」

父は、口元を緩め、言葉をつづけた。

「アークを家に呼び戻す」

「ま、待ってください」

「なんだ？」

ぴくり、と父が珍しい顔になった。

……オレが父の考えに意見したことは一度もない。だからこその反応だろう。

「アークは確かに強いです。ですが、所詮身体強化魔法しか使えません」

「ああ、そうか。家を継げないことを気にしているのか」

「そ、それは――」

まったくないわけではない。

だが、違う。……オレはそれ以上に、父に目を向けてほしかった。

オレは両親の期待に応えられるように、色々なものを我慢してずっと頑張ってきたんだ。なのに、すでに父の興味はオレからアークに向いてしまっているかのようだった。それが、嫌だった。

アークが追放される前から、オレは家族から厳しい指導を受け続けていた。

どれだけの成績を残そうが、家族は「甘えるな」とオレを罰してきた。

……わかっている。オレが到達するべき場所は上級貴族。

そのためにも、常に前の自分を超え続ける必要があるんだと思っていた。

オレが家を上級貴族にまで引き上げる。今はその自負と自信を持っていた。だからこそ、父に言いたかった。オレは自分を主張するように胸に手をやり、声をあげた。

「アークが、いなくとも……オレがいれば、大丈夫なはずです。オレは――」

しかし、父は厳しい目を向けてきた。その冷めた表情に、肩が跳ねた。

「おまえはシーアの騎士になれなかっただろう。その程度で何が大丈夫なんだ?」

父の言葉にオレは口を結ぶしかなかった。

……ああ、そうだ。オレは何度声をかけても、シーア様に見向きもされなかった。

それだけで、オレはアークに否定されている気分になる。オレはアーク以下なのだと、暗に言われていたような気がした。

「はっきり言う、イケ。おまえ程度の力では、キルニス家発展には不安だ」

その言葉に、ぎゅっと唇を結ぶ。

思わず涙がこぼれそうになる。これまで、父の指導に付き合い、必死に勉強してきたのだ。その日々を否定されたことが、悔しかった。

「今のアークは価値がある。わかったら、イケ、アークに家に立ち寄ることを伝えておけ。直接、オレが歓迎しよう」

「だ、だけどオレは――」

「黙って、言うことを聞けないかイケ」

そう言われ、体が震える。思い出すのは、小さなときの記憶だ。

父には散々、鍛えられた。オレがここまで戦えるようになったのは彼の指導があったからだろう。

「……はい」

オレは何も言えない。書斎を後にしたオレは、アークを思い出し唇をかんだ。

アークは……自由に生きて、それで、どうしてオレより価値を認められているんだ。

怒りが渦巻く。オレが求めても届かないものを、彼はいつも簡単に手に入れる。

部屋に戻ったオレはたまらず拳を固めた。

なんで、なんでアーク――あんたはオレの邪魔をするんだ。

あいつがいたせいで、オレは旅人学園への入学だって遅れた。

無能者の弟だからと、色眼鏡で見られ続けてきたんだぞ！

部屋の机に拳を叩きつける。加減はしたが、それでも机は破損してしまった。

それがまた、気に食わなかった。殴って、殴って殴り続けて、途中で部屋に来たメイドに止められた。

「い、イケ様！　どうされたのですか？」

「なんでもない」

メイドを一瞥する。……どうやら、部屋の扉が少し開いたままだったようだ。音が響き、驚いて入ってきたのだろう。メイドが勝手に部屋に入ったことを罰することはできたが、今はそんな気分でもなかった。

「そう、ですか……何かあればお話しくださいね」

メイドはぺこりと一礼だけして、部屋を去っていった。怒りを発散したからか少しだけ、冷静になれた。そのおかげか、一つの考えが浮かんでいた。

……父がアークを評価するというのなら。

オレがアークを超えればいいというだけだ。

アークの価値を下げてしまえばいい。……ならば、やることは一つだ。

第九章　無能者な兄と優秀な元弟

学園に入学してから一週間。ようやく学園生活が落ちついた。

迷路のような学園の構造にも慣れ、段々とロクロ先生の授業も談笑のようなものに変化していく。

授業が終わり、昼休みどうするか……と話していたときだった。

イケがZクラスにやってきた。がらりと扉を開けた彼は、俺のもとに真っ先に向かってきた。

「アーク、わざわざここに顔を見せるなんて珍しいな。どうしたんだ？」

「アーク、オレと決闘しないか？」

「決闘だと？」

……いつかは、そんな日が来るのではないかと思っていた。

彼は俺に強い敵意をもっている。そんな俺を退けたいと思うのなら、決闘が手っ取り早いだろう。

それに……俺に勝てば、学園での知名度はぐんと上がる。

今じゃみんな、俺のことを知っているくらいだからな。

無能者のアーク、という言葉が独り歩きしてしまっていることもあるのだが、それと同じくらいリーベを破ったアークということも。

「別に構わないが、罰ゲームはどうするんだ？」

「なんでもいい……」

「……そうか」

シーアの騎士でも賭けてくるのかと思ったが、違うのか。

それでもイケの目には何か決意を固めたようなものがうかがえた。

罰ゲームは後で考えればいい、か。今は……彼との戦いについて考える必要があるだろう。

「わかった。決闘だな？　申し込みはおまえに任せていいのか？」

「ああ。日付が決まったらまた連絡する」

「了解だ」

イケはそれ以上無駄な言葉を残さず、教室を出ていった。

じっとシーアはイケを見ていた。

「どうしたんだ？」

「なんだか、鬼気迫るものを感じたのよね」

「そう、だな」

イケとの決闘は、俺としては望むところではあった。彼にいつまでも絡まれても仕方ない。

だからこそ、どこかで一度決着をつけたいと思っていた。

去っていったイケを見ていたシーアが口を開いた。

「ただ、少し。予想外ではあったわね」

「何がだ？」

「まさか、キルニス家がそういう風に関わってくるとは思わなかったのよ。あたしがいくつか予想していたのは、あんたをどうにか引き戻せないかって考えるんじゃないかって」

……なるほどな。元は俺の家だからな。それも可能なのではないだろうか。

「さすがにそこまで面の皮は厚くなかったんじゃないか？」

普通に拒否されることを、考えるだろう。

「どうかしらね？　あいつら、アークを追い出した後イケを推薦してくるくらいには、面の皮が厚かったわよ？」

そういえば、そんなことを言っていたような気もする。それに、キルニス家ならそれをやってもおかしくないと思えた。シーアは顎に手をやる。

「そんなに、貴族の立場って羨ましいのかしらね」

「お前だって、なんだかんだ活用してるじゃないか」

「そういえばそうね。確かに家で寝てるだけでもどうにかなりそうなところは、正直いいわね。けど、それ以外の貴族の面倒なやりとりだけは勘弁してもらいたいわ。双子でもいたらそれも可能なんだろうけど。あたしに双子の妹がいたら、生まれたことを隠してひたすらあたしの影武者として可愛がってあげるのに……」

その可愛がりはいじめるとかそういうたぐいのヤツだな。

自分が二人いたらいいな、というのは誰も考えたことがあるんじゃないだろうか。

俺が二人いたら――シーアの奪いあいで戦う必要がありそうだ。やっぱ、俺は一人でいいな。

けど、シーアは何人いてもいいかもな。……いやそれはそれで恐ろしいことになりそうだ。

……決闘、か。負けるわけにはいかない。全力で叩き潰させてもらう。

イケだって新入生の中で評価が高い。彼を倒したともなれば、俺の評価もさらに上がるだろう。

「おはようございますわー」

あくびをしながら教室に入ってきたのはリーベだ。彼女は今日寝坊したらしく、昼休みからの登校である。

「……イケが来たせいで、逃げ遅れたわね」

「に、逃げ遅れるってなんですの！　あっ、わたくしを恐れているということですの⁉」

「はぁ？　なにをふざけたこと抜かしているのかしら。あなたに絡まれたくなかっただけよ。わかりやすくいうのであれば、拒絶している、というところかしらね」

「し、シーアぁ！　そんなこと言わないでくださいましー！」

「う、うっとうしいわね！　アーク！　こいつを引きはがしてっ！」

リーベが涙目でシーアに抱きついている。シーアが俺のほうに必死の形相で助けを求めているのは、新鮮だったので放置させてもらった。


それから三日後。

せっかくの休日だが、俺は学園にいた。……イケと決闘を行うために、だ。

休日というのに、学園にはたくさんの人がいた。

というのも、学園では休日に決闘を行いまくるのだ。今日一日の決闘スケジュールはびっしりと埋まっている。

生徒たちにとって、決闘は娯楽として見ている部分もある。だって、決闘で女を奪い合うこともあるみたいだからな。学園側は生徒の能力向上を目的としているようだが。

この日にあわせ、従者学科の人たちも外で飲食の販売を行っているほどだ。

そして、本日。一番目の決闘が……俺とイケによるものだ。

会場として用意された校庭には、すでに結界の範囲が決められている。その舞台へと向かって歩いていく。

「おーい、アーク、頑張れよー！」

知らない人たちにもそんな風に声をかけられたのには少し驚いた。

「アークさん！　頑張ってください」

女性にも黄色声援を送られている。シーアの目が若干つり上がる。

シーアはまったく俺に興味を持たないが、騎士への独占欲は昔から強かった。

まあ、俺としては嬉しい限りではある。

「あんたってなんか無駄に人気ね」

「そりゃあアレだ、俺がイケメンだからじゃないか？」

「鏡見たことあるのかしら？」

「毎日見とれてるぜ」

「鏡が悪いのか、目が悪いのか……それとも頭？」

シーアが可愛らしく小首をかしげながら笑う。冗談を言っているときが一番幸せそうだなこのお嬢様は。シーアとはそこで別れ、イケと向かい合う。

風が吹くとお互いの制服が揺れた。

「おまえとこうして戦うのは、なんだかんだいって初めてだな」

仲の良い兄弟ではなかったが、お互い固有魔法がわかるまでは口喧嘩がせいぜいだったな。

「戦いじゃない。オレが一方的におまえを倒すんだよ」

「そうか。……悪いが、俺もシーアの騎士として、負けるつもりはない」

「……昔はそうでもなかったくせに、騎士に固執するんだな」

昔は力がなかった。その立場を奪われることは仕方ないことだと思っていたし、力がないまま騎士を続けて、シーアを危険に晒すわけにはいかないと思っていた。

だが、今は違う。力があって、騎士をやれるのなら——悪いが誰にも譲る気はない。

奪いたいヤツがいるのならどうぞいくらでも挑んできてくれ。すべて退け、その上に俺が立つ。

ギャラリーが続々と集まってくる。そんな人々の会話が聞こえてくる。

「イケってヤツ、新入生の中じゃかなり強いんだろ？」

「らしいな。っていっても、だ。あのアークには勝てないだろうぜ。リーベさんより強いんだぜ？」

「この前の戦い、本当すごかったよなぁ……また、アークの戦いが見られるっていうなら、楽しみだ」

だいたいが、そんな俺の戦いを楽しみにしている声が聞こえてくる。随分と評価が変わってよかった。リーベがそれだけ、影響力のある強い奴だった、というわけだ。

イケも周りの声が聞こえているようだ。表情を険しくしていく。

彼からすれば面白くないだろうな。だからといって、手加減するつもりはないが。

イケが息を吐くと同時、彼の周囲の魔力が凍り付いていく。

俺も魔力を高めていく。審判を務めていた教師がすっと片手をあげる。

「それでは始め！」

お互い、これ以上無駄な言葉は必要ない。

審判の掛け声にあわせ、イケが先に動いた。

さすがに速いな。俺も60％まで高めた身体能力で、迎え撃つ。

イケは氷を放ちながら攻撃を仕掛けてくる。それらを拳ではじく。

厄介だな。イケは過剰なまでに俺に近づきはしない。俺に、近接戦闘しかないことを理解している様子だ。

別に遠距離攻撃がまったくできないわけではない。

小石を投げる等の道具を使っての攻撃はもちろん、他にも色々と攻撃手段はある。

だが、今それらを無理に使う必要はないだろう。今後も、決闘を申し込まれる可能性は十分にある。そのときのために、技は隠して持っておいたほうがいいだろう。一度の敗北も、許されるとは思っていない。最強の騎士として居続けるためにな。

イケの攻撃に合わせていく。まずは様子見だ。

イケは魔法外装とまではいかないが、それに近いレベルの魔法運用をしていることがわかる。

氷が俺の体を捕らえようと動き、それをかわし続ける。攻撃は一度も当たっていないが、イケの表情に焦りはない。

様子見は終わりだ。仕留めるために動こうとした瞬間だった。イケの攻撃をかわしきれず、一撃もらう。

……なんだ？　いつもよりも体の感覚が鈍い。本来ならば、かわしきれたはずの一撃――それをかわしきれないなんて。今の一撃はたいしたダメージではない。だが、今後を左右する感覚のズレ。

俺はちらと周囲を見る。……大地が、凍り付いている。周囲のギャラリーたちも、気づけば俺たちから距離をあけ、寒さをこらえるように自分の体をさすっている人たちばかりだ。

……なるほどな。

「どうやら、ようやく気づいたようだな」

イケが笑みを浮かべる。

「オレの氷は相手の体温を奪い、機能を低下させる。動きが少しずつ遅くなってるぜ？」

「それが、さっきの一撃の真相ってところか」

「ああ。オレは術者として、この氷の影響を受けない。……すでに、この戦場はオレのものだ！」

呼吸をすれば白い息が漏れていた。

それだけではない。体は気づけば震えが激しくなっていた。手の先はかじかみ、吐息を吹きかけ熱を保とうとするがそれも無意味。

「所詮、てめぇはその程度の――」

イケの言葉を遮るように、俺は身体強化を強めていく。

そして、全身を震えさせる。

体から熱が発せられる。周囲の氷を溶かすほどの力がそこにはあった。俺を見ていたイケが目を見開き、あとずさる。俺は彼に迫るように一歩を踏みこんだ。

「イケ。人が寒さで震える理由は知っているか？」

「……あ、ああ。筋肉を震えさせ、熱を生み出して体温をあげるため、だな」

さすがに氷を使うだけあって、詳しいな。

「ああ、悪いが、身体強化でそのペースを速めさせてもらった。今は――暑いくらいだ」

俺はほてってきた体を動かし、反撃開始となる。

「クソッ！」

イケがすかさず攻撃を仕掛けてきたが、遅い。

彼の懐に入り、拳を叩きこむ。イケが腹を押さえながらよろめく。

イケが顔をしかめながらこちらを睨みつけてきた。放たれた連続の氷の矢を、俺は拳と足で破壊する。

そうして、イケの懐へと迫る。拳を二度、叩きこむと、イケの体が吹き飛んだ。

彼は腹を押さえながら、目を見開き、うめき声をあげていた。

「イケ、今のでもう動けないはずだ」

骨を折った感触が伝わってきた。こっちは、シーアがいるのもあってある程度無茶な攻撃を仕掛けさせてもらった。

イケは痛むのだろう。だが、それでも体をよろよろと動かした。

「おまえに、勝てなきゃ……オレの価値はなくなるんだよ！」

彼が吠えると同時、いくつもの氷の矢が生み出され、こちらに迫る。

気絶するまでやるつもりはなかったんだけどな。……彼の攻撃をかわし、背後をとる。

イケは俺の速度についていけていない。そこに残った残像へと氷を放ったところだった。

「こっちだ！」

彼の背中を殴りつける。イケがすぐに立ち上がったが、その顔を蹴り飛ばす。

死なない程度には加減したが、今の一撃が重かったようだ。イケはぴくりとも動かず、倒れた。

「しょ、勝者アーク！」

審判が試合中止の宣言をし、すぐにシーアが治癒魔法を放った。

イケがすぐに目を覚まして、俺を見る。

「……負けた、のかオレはっ！」

イケは悔しげに拳を地面に叩きつけてた。

そんな彼に俺は何も声をかけることはしなかった。勝者が何を言っても、彼を傷つけるだけだろう。しばらくすると、イケは立ち上がった。悔しげに、観客たちのほうへと歩き出す。

それが、決闘の終わりを示したようで、周囲が騒がしくなった。

「い、イケって新入生で一番強いって言われてたやつだよな？　それをあんなあっさりと倒しやがったよ！」

「アークの戦闘初めてみたがなんだよあの化け物みたいな動き！　あんなの魔法外装使える奴でも

一握りしかいねぇぞ」

「はっ、おまえらは駄目だな。アークならあのくらいは倒せるってわからなかったのかよ？」

「いやいやてめぇ。前は『アークなんてリーベにボコボコにされるっ』て言っていたじゃねぇか！」

「やっぱり、アークってすげぇんだな」

「アークと戦った奴も十分強かったが、相手が悪すぎだな。ありゃあ」

決闘を繰り返していけば、俺の評価もあがっていくだろう。

俺としては教科書に載っている文言を変えたいもんだな。

身体強化だけで、リシェール家の騎士を務めた男、くらいにな。

「アーク、やったわね」

「……そう、だな」

「浮かない顔ね」

「いや、イケのことでちょっとな」

「確かに様子が変だったわね。まあ、でもいつもあんな感じじゃないの？」

「いやいや、そんなことねぇよ」

らしくないな、と思ったんだよな。

イケは家に命令されて俺に戦いを挑んだのだろうか？

……負けたら、何か酷い扱いを受けるのかもしれない。俺も学校の成績が悪ければよく怒られていたし、暴力を振るわれることもあった。

それにイケは怯えているのかもしれない。

第十章　歪み

家に帰宅したオレは、すぐに父さんから呼び出しを受けた。

急ぎ書斎へ向かい、真っ先に跳んできたのは怒号だった。

「なぜ貴様はアークと決闘をした！」

――そういわれることはわかっていた。

負けるつもりはなかった。勝てば、きっとほめてもらえる。認めてもらえると思っていた。だから、オレは――。

「……証明、したかったんです。オレが、オレが彼を――」

言葉は言い切れなかった。

「勝てていないのに、何が証明したいだ！　この無能め！　貴様は、もっと賢いと思っていたがな！」

「も、申し訳ありません……」

父がいらだった様子で声を張り上げ、立ち上がる。

顔を真っ赤にしていた彼はオレの頬を一度強く殴りつけてきた。この痛みは、久しぶりだ。

「貴様のようなバカに育てた覚えはないぞ！」

「……申し訳ありません」

「謝って済む問題か！　アークに敗北した事だけが問題ではない！　アークがこの家に戻ってくることもなくなったかもしれないんだ！　どう責任をとるつもりだ！」

「そ、それはオレが頑張って――」

「アーク以上に活躍できるというのか!?」

……黙るしかなかった。決闘で負けた以上、何も言えないんだ。

もちろん、アークはオレと違って固有魔法は持っていない。だから、場合によっては氷魔法を持つオレのほうが活躍できることはあるかもしれない。

だが、総合的に見ればやはり戦闘能力の高いアークのほうが活躍するだろう。

「それに、下手をすればリシェール家からも目をつけられることになるんだぞ！」

「……っ」

それは、ノーム国でもっともやってはいけない行為であった。

オレは唇をかみ、父の正論を受け止めるしかなかった。

心中で、いくつも浮かぶ言い訳の言葉をぐっと抑え、体に襲う痛みの数々も、受け止めて――。

父の説教が終わったのはそれから一時間ほど経ってからだ。オレは部屋に戻り、ベッドで横になる。

どうすればいいんだ……。

父から言われていたことを破り、オレは自分を認めてほしいからという子どもじみた理由でアークに挑んだ。

……そして敗北した。今のアークは、オレたちなんかよりも立場は上だ。アークが命令すれば、下手すればこの家だって消すことは可能かもしれない。

少なくとも、シーア様は動くだろう。彼女のアークへの執念は異常だ。

父の説教を受け、冷静になった今はよくわかる。

今回の自らの行動がどれだけ愚かで、幼稚なものなのか。

……戦う必要などなかった。ただ、オレは父に言われた通りに仕事をこなしていればよかった。

自分で考えて、行動なんてしなければよかったんだ。

「……イケ様、明かりもつけず一体――」

僅かに開いていた扉の隙間からメイドが入ってきた。部屋の明かりをつけながら入ってきた彼女はオレを見て、目を見開いた。

「……イケ様!?　お怪我をされているではありませんか！　すぐに、傷の治療を――！」

「……」

そういえば、怪我をしていたな。父に殴られた頬が痛む。

口の中を切っているようだ。血の味もした。

別に、治療なんて必要ない。全身に魔力を流し、一日も休めばこの程度の傷はすぐに治る。

メイドが治療道具を取りに部屋を出たところで、オレも部屋を出る。

……外の空気が吸いたかった。今は、この家にいたくなかった。

あてもなく、右に左に街を歩いていく。月明かりと街灯をうつろに見ながら歩いた。

今自分がどこを歩いているかなんてどうでもよかった。

考えるのは決闘のことだけだった。

どうしてオレはアークに勝てなかったのか。なぜ、なぜ――と。負けるつもりはなかった。油断もしていなかった。アークがそれなりの力を持っているとわかったうえで、勝つつもりで戦いを挑んだんだ。

「おい、貴族の坊ちゃん」

ヒヒ、と気味悪く笑ってきた男たちをオレは睨みつける。浮浪者だろうか？　近づくだけで腐ったような臭いのする男たちだ。

衣服はところどころ穴があいている。見れば、周囲の建物はさびれている。ああ。貧民街か。

……随分と治安の悪いところまで来ちまったようだな。

おおかた金でもせびってくるつもりなんだろう。今のオレは部屋着ではあったが、それなりのものである。オレは彼らを一瞥し、その横を過ぎる。

「おい、ガキ！　聞こえてんのか!?」

「黙れ」

言葉とともに氷魔法を放つ。オレの肩を掴んできた彼の手が一瞬で凍る。

「う、うわぁぁ!?」

「こ、こいつまさか旅人か!?　クソッ！」

……憂さ晴らしにもならない雑魚どもが。さすがに人殺し、人を傷つけたと言われたくないので、彼らに放った氷魔法を解除し、オレは再び歩き出した。

逃げていく男たちの背中を見ながら、オレは拳を近くの壁に叩きつけた。

「……くそ、くそがっ！」

これだけ簡単に他人を退けられるのに、なぜ、なぜあの男に勝てなかったんだ！

拳から血が滲み出てきたが、気にもならない。

そんなときだった。オレの手を何者かが掴んだ。

「誰だ!?」

気配をまったく感じさせなかった。ちらと見ると、そこには見たこともない男がいた。

研究者だろうか？　白衣に身を包んだ男が、微笑んでいる。

「何やら、お困りのようですね」

「あぁ？　機嫌の悪い人間に絡むとロクなことにならねぇぞ、くそったれが！」

彼に向けて氷魔法を放とうとした瞬間、彼はすかさず闇魔法でそれらを飲み込んできた。

その手際の良さに驚く。まずい、とも思った。彼はオレよりも強い可能性もあり、慌てて手をはじき、距離をあける。

「おっと、待ってください。別に喧嘩をしにきたんじゃないですよ」

オレの驚いている隙に彼が、両手をあげて笑顔を浮かべる。

「私は研究者をしていましてね。現在、ある薬の開発をしていて、力のある人に頼みたいことがありまして……。こうして、街を歩いていたらちょうどそんな強い人がいるではありませんか？」

「薬だと？」

胡散臭《うさんくさ》い男だ、と思った。

「はい。ここ最近、旅人たちの任務達成状況が悪いでしょう？　それらをどうにかするため、国は魔力を増強するための何かを、開発しているところです。魔道具であったり、私のように薬であったり、ですね。ちょうど、あなたくらいの人に一度試してほしかったんですよ」

「……国で用意すりゃあいいじゃねぇか」

「私の薬は私が自分で見た相手に使ってもらいたいんですよ。どうしますか？　圧倒的な力を獲得できますよ？」

「……圧倒的な力」

その言葉に強い魅力を感じた。今のオレが再び父に認めてもらうには、その圧倒的な力が必要だった。もう一度、どうにかしてアークに挑み、アークを倒す。そうすれば、きっと父も認めてくれるだろう。

にこり、と笑った研究者に胡散臭さは感じていた。だが、なんでもいい。一度でもいいから、その薬が本物だというのなら、それを使いアークを倒したかった。

……きっと、今のオレでは逆立ちしてもアークには勝てない。勝つには、何かの力を借りるしかないと思った。

倒せれば、みんなはオレを認めてくれるはずだ。アークの弟でもなく、無能者の弟でもなく。イケとして、みんなに認めてもらいたいんだ。

「これを飲めば、一時的に魔力を増強することができます。ただし、短時間での複数の使用はやめたほうがいいですよ。魔力は強くなりますが、暴走してしまう可能性がありますす」

「……わかったよ」

研究者から薬を五粒受け取り、オレはそれを握りしめた。

……これがあれば、アークに勝てる。

あとは、いつ彼にリベンジするかだけだろう。……決闘をこの短期間で同じ相手に申し込むことは難しい。

ならば、授業での模擬戦、くらいだろう。

第十一章　兄弟の力

イケとの決闘から数日が経過していた。

相変わらず、Ｚクラスは俺たちしかいない。

おまけに、今日は――。

「リーベさんは風邪をひいてしまったそうですので、本日はお休みですね」

「……アーク大変だわ。バカにもうつる風邪が出たみたいよ。下手したら国が崩壊するかもしれないわ」

「逆にバカだけなんじゃないか？」

「それならあたしたちは安心ね」

ほっとしたようにシーアが胸を撫でおろしている。リーベがいたら、面白い反応をしていただろう。

「リーベは大丈夫なのか？　普段風邪なんてひかないヤツが風邪ひくと大変なことになるんじゃないか？」

「まあ、大丈夫じゃない？」

「一応同じクラスとして、お見舞いくらいはいったほうがいいのか？」

「何、行きたいの」

なんだ今の一言。強い圧が感じられる。

「別に、そういうわけじゃないがな」

「リーベの家にだって使用人たちはいるんだから、そいつらに任せておけばいいはずよ」

まあ、素人の俺たちにできることなんてないだろう。リーベもこの街に屋敷を持っているらしい。

だから、家では使用人たちが手厚く看病しているはずだ。

「ていうか、いよいようちのクラスは二人か……」

「けど、案外普通よ？　あなたが来る前もこんな感じだったし」

シーアの言葉に、ロクロ先生もうなずいた。

「そうですね。普段はいつもシーアさんとリーベさんくらいしかいませんでしたしね」

ロクロ先生がそういうと、不服そうにシーアが腕を組む。

そうだよな。シーアは並行世界にいけるだけの力を持っていないと言われたんだからな。

ロクロ先生もシーアの表情で気づいたようだ。あわてた様子で口を開いた。

「今日は他クラスの授業に参加するという形になりますね。他のクラスの先生に声をかけたところ、A世界のクラスを担当している先生にぜひともうちで、と言われたんですよ。今日は模擬戦を行うみたいで、ちょうどアークくんの戦いを見たいのと、シーアさんもいますからね」

「まったく。あたしを散々バカにするくせに、こういうときだけは頼るのね」

ふん、とシーアは未だ不機嫌そうだ。模擬戦、決闘のたびにシーアは呼ばれるらしい。彼女の治癒魔法はかなり優秀だ。

ただ、旅人として活躍が難しいだけだ。シーアの場合、固有魔法使用中に一切身体能力が向上しないからな。

「ま、いいわ。あたしも久々にアークの戦いでも見て時間を潰すわ」

というわけで、俺たちは決闘場として使われている校庭に向かう。

一区画にはすでにAクラスの人々がいる。

……ああ、新入生のクラスか。ロウとケイスの姿があった。

今日俺たちが来ることは話に聞いていたらしい。彼らは気さくに笑いかけてきた。俺もそれに反応しながら、彼らが作っている列の最後尾に並んだ。

「今日の授業は模擬戦を行います。それぞれ、戦いの準備をしてください」

教師がそういうと、彼らは目を輝かせていた。模擬戦の授業は生徒たちからすれば楽しみなものらしい。……まあ、みんな座学は嫌いみたいだからな。その気持ちはよくわかる。

「そういえばアーク。イケに罰ゲームの話はしたのかしら？」

「まだだな」

「ならついでにしてきたらどうかしら？　イケだって、もういい加減頭冷えたんじゃない？」

そうだな。あとで時間をみつけて声をかけておこうか。それで俺たちの関係も終わりだ。

教師の説明が終わり、さっそく模擬戦の相手探しとなる。

模擬戦に関してはかなり自由なようだ。対戦相手を決め、教師に話をすれば戦いを始められる。

とはいえ、すぐに戦うというわけでもないらしい。皆、まずは準備体操ということで魔法使用の練習をしている。

ロウかケイスと一度戦ってみたいものだな。複数での戦闘も練習になるから認められているらしいし、声をかけてみようか。

そんなことを考えていると、まっすぐにイケが歩いてくる。少し驚いた。まさか、イケから来るとは思っていなかった。

俺の前に来たイケは、すっと頭を下げた。

「この前は途中で逃げてしまいすまなかった」

「お、おう……」

まさかの謝罪に驚く。それはシーアもだ。頬をつねっている。

そのあとで空を見ている。夢でもねぇし、雨も降っちゃいねぇぞ。

「無理なことを承知の上で頼みたい。……オレともう一度戦ってくれないか」

今日のイケは殊勝な態度だな。

……それにしても、もう一度、か。

俺はポリポリと頭をかく。まだ、イケは納得しきれていないのかもしれない。

「前回の罰ゲームは忘れてないのか？」

「……わ、わかってる。それはもちろん、受ける。ただ、その前にもう一度だけ戦ってほしい。頼む」

「わかったよ。お互い、細かいこと抜きに戦おうぜ」

「……ああ」

イケがぐっと拳を固める。俺だって、イケと敵対したままでいたいわけではない。俺としては、学校生活くらいは平穏に過ごしたい。

俺たちの会話を聞いていた生徒たちが、すぐに教師に報告し、まさかの一番手は俺たちとなる。

その流れを見ていたロウとケイスが笑っている。

「アーク、大人気じゃねぇか」

「アークの戦いは、見ていてなんだか楽しいしね」

「単純でわかりやすいもんな」

ロウとケイスに不満ですという表情を作ってやる。

「それしかできねぇんだよ。終わったら、次にやるか？」

「お、おう……いいぜ。ただしッ！　降参っていったら、すぐやめろよ！」

「おいおいそんなので勝てるのか？」

「なんとかするさ、な！　ケイス！」

「いや僕はいいよ。ロウ一人で頑張ってね」

「おい！　おまえもやるんだよ！」

よし、二人との模擬戦の約束も取り付けられた。

イケに負けたあとに、二人と戦うのはカッコ悪いし。きちんと勝ってから二人とは戦いたいな。

……それに、イケが前回と変わらないのなら、負けるつもりはない。これは油断ではなく、自信だ。前回でも、俺はまだ全力までは出していなかった。

だからこそ……彼がこの短時間で挑んできたのは、家の命令が理由ではないのか、と思っていたんだが。

……イケはどうにも余裕がある様子だ。それは強がりか、あるいは秘策があるのか。

「おっ、またアークが戦うのか。イケもうちのクラスじゃ強いけど、前回負けてたしな」

「まあ、アークの戦いが見られるっていうなら、楽しみだけどな」

俺の戦いなんて、身体強化だけだ。それを楽しめるというのは、彼らの感性が優れているのではないだろうか。

イケと向かい合い、魔法の準備を始める。審判として教師も近くにやってきた。

「今回は模擬戦ですから、お互いある程度でやめるように。それでは、始め！」

教師の言葉を胸にとめながら、俺はイケに声をかける。

「イケ、前回よりも随分と自信がありそうだが、何か作戦でも考えてきたのか？」

「まあ、そんなところだな」

もういつでも仕掛けて問題ないが、お互いに動かない。

と、イケはポケットから何かを取り出し、口に放り込む。

それにわずかに違和感を覚えた。だが、次にはイケの魔力が膨れ上がり、口にしたものを考える時間もなくなる。

彼の氷魔法が周囲を凍らせていく。それに、彼が口元に笑みを浮かべている。

驚いた、な。前回よりも展開は早く、範囲も広い。

「お、おい。イケの魔法俺たちと戦うときより、明らかに力がましているよな」

「……俺たちと戦うときは本気じゃなかったってのか！」

その魔法をじっと観察しながら、俺は疑問を感じていた。

俺が以前戦ったときよりも、魔法の威力があがっているのは確かだ。

放っておけば肺が凍りつきそうだ。これほどの力を持っていれば、前回の戦いのときなぜ彼は使ってこなかったのか、だ。

この力を秘めていた理由はなんだ？

……いや、仮に秘めていたのではなく、力を発動することができなかった、とか？

疲労、あるいはあのときは何かしら制限があった。

……その状態で挑んでくるか？　イケに慢心があれば、それもありえるか。

だが、あのときにその様子はまるでなかった。彼はある程度俺を評価している様子はあった。もちろん、イケが俺に挑んできた以上、勝てる見込みはあったのかもしれない。

だが、それは誰だってそうじゃないだろうか？　負ける前提でわざわざ罰のある決闘を申し込みはしないはずだ。

……考えていても仕方ない。イケの全力は、俺の想定よりも強いということだけが、今はわかればいい。

模擬戦が始まる。だが、俺はイケの迫力から、模擬戦なんかではないとわかる。少なくともイケはこれをただの模擬戦とは思っていないはずだ。

それを確かめるためにも、彼とぶつかるしかないだろう。

身体強化を60％までひきあげる。前回の戦いではこれで十分対応できた。

まずは、様子見。彼の固有魔法がどこまで身体能力をあげているか――。

大地を蹴った彼は、同時に氷をばらまきながら迫ってきた。

あまりの速度に思わず俺は目を見開く。前回とは比べ物にならないな。

60％のままで彼の攻撃を捌いていく。襲いかかる氷魔法もすべて弾く。

体が凍りつきそうになるのを、体を震えさせてごまかしていく。

これはいつまでも出来る技ではない。自ら筋肉を震わせているのだから、肉体に疲労はたまっていく。

彼の攻撃を捌ききった俺は一度後退した。

「それが、おまえの本来の力なのか？」

「さぁ、どうだかな」

彼はそういって、口元に片手を向ける。また、何かを食べたようだ。同時、彼の魔力が膨れ上がった気がする。

イケが大地を蹴る。随分と、身体能力も向上しているようだなっ。

60％では弾かれたため、80％まで引き上げる。

お互いの拳をぶつけたあと、大地を蹴る。

俺の拳がイケの頬を捉えると、すぐにイケは体勢を直して殴りつけてくる。

氷の刃をすべてかわし、その体を蹴りつける。

彼の一撃はそれまでよりも早く、鋭い。正直言って、驚いている。だが、まだ俺のほうが上だ。

イケが作りだした氷の刃をかわすと同時、地面に転がっていた氷が変化して襲いかかる。

足を大地に叩きつけ、衝撃で吹き飛ばす。

走り出したイケを向かい打とうとした瞬間だった。

イケの体ががくりと傾いた。

わざと？　いや、違う。イケが魔法を練り上げようとしたが、同時に悲鳴をあげる。

「イケ、おまえ……っ！　限界を超えて魔法を使っているのか？」

「さ、さあ……どうだろうな！」

イケが練り上げた魔力が、氷の竜へと変化する。それはまるで、本物の竜のように動き、俺へと襲い掛かってきた。

くそっ！　１００％まで引き上げその場で回転して、氷を砕く。

80％に戻した身体強化とともに、イケの様子を窺う。

彼は震える足で体を支え、立ち上がる。

……そこまでして、俺に勝ちたいってのか。

限界を超えた魔法運用――俺も身体強化で使っているが、体への負担は大きい。そう連続で使用できるものじゃないんだ。

「そ、そこまで！」

そこで、教師の声が響いた。

「これ以上は、模擬戦の域を出ます！　ですからやめ――！」

そういった教師の前を氷の壁が覆った。

イケが肩で息をしながら、片手をそちらに向けていた。

「……邪魔すんじゃねぇ！　オレは死ぬまで、戦うんだよ！」

イケの魔力が急速に落ちていくのがわかる。……もう、限界なんだろう。

だが、イケはそこでもう一度、何かを口に含んだ。

それまでしぼんでいた彼の魔力は一気に膨れ上がる。

「……おまえのその魔力、おまえだけの力じゃないな?」

何か、口に含んだものが原因のはずだ。

イケは俺の指摘を受け、ただただ笑った。

「ああ、そうだ!　だったらどうした!　何を使ってでも、オレはおまえに勝たなきゃならねぇんだよ!」

「……家のためか?」

「オレのためだ!」

突っ込んできたイケはまるで氷を体にまとわせたような動きだ。

……魔法外装、とまではいかないが、それに近いものが使えている。

動きも先程よりも素早かったが、それに限界があるのはわかっている。

防御に徹しながら、俺は彼の攻撃を捌き——そして、イケが膝をついた。

彼は再びポケットに手を伸ばそうとしたので、その体を押さえつける。暴れるイケの体を地面に押さえつけた。

「……もうやめろイケ。おまえの体は限界のはずだ」

「うる、さい、離……せ！」

彼が手からこぼした一粒の薬のようなものを、俺は拾い上げる。

「これが、おまえの魔力を強化していた道具ってわけか」

「……くっ、ああ！　それをよこせ！」

イケは胸を押さえながら悲鳴をあげていた。彼の様子が急変する。……限界をこえた魔法運用を可能にする薬……その副作用、だろうか。

「シーア、すぐに……っ！」

治療を頼もうとしたところで、外が騒がしくなっていたことに気づいた。

「な、何者だキミは！　ここは旅人学園、部外者の立ち入りは――」

Aクラス教師が声を荒らげながら、そちらに近づく。

「邪魔をするんじゃねぇよ」

そんな声が聞こえると同時、周囲を闇が薙ぎ払った。教師が吹き飛ばされ、地面にうずくまっている。

イケも顔を顰めながらそちらを見て、目を見開いていた。

……なんだ？

Aクラス教師が吹き飛ばされた先には、科学者然とした男がいた。

「あ、あの男は……」

「イケ、何か知っているのか？」

しかし、イケは何も言わなかった。科学者然とした男は周囲に魔力を放ち、人々を吹き飛ばして高笑いをしていた。

「み、みなさん、すぐに避難してください！」

ロクロ先生の指示によって、生徒たちは避難を開始する。それに、侵入者は何の反応も示すことはない。

まるで、狙いはこちらにあるかのような様子だ。いや、そうなんだろうな。俺たちの前に立った侵入者は、酷薄な笑みを浮かべイケを見ていた。

「お、おまえどうしてここに」

「薬の力はどうでしたか？　って……**聞くまでもねぇな、この雑魚が！**」

口調を荒らげた男の体が変化し、尻尾が振りぬかれた。イケを狙ったその一撃を俺は摑んだ。

科学者――いや、そいつは以前村を襲った魔族だ。

「邪魔すんなよ。今は俺とイケの模擬戦の途中なんだが？」

「久しぶりだな、クソ人間」

「……まあ、そうなるのか？　こっちとしては、久しぶりしたくない相手だったんだがな」

確か、ロフトだったか。シーアに襲い掛かった魔族だ。

「何の用だ？」

「もちろん、あのときの借りを返しにきたのと、あの女を連れて行こうと思ってな」

「……女、シーアのことか？」

「ああ。あれだけの魔力をもつ人間はなかなかいない。貴重な道具として使えるんだ」

……こいつのねらいはシーア、か。シーアの魔力量はすさまじい。

ただ、そのシーアを捕まえたとして何になるんだ？　魔族の狙いがわからなかった。

「できれば、オレの手を煩わしてほしくはなかったがな。だから、てめぇを利用したのに、まったく使い物にならなかったな」

「……てめぇ、だましていやがったのか！」

イケが声を荒らげ、血を吐いた。それをロフトは愉快げに見下ろしていた。

「騙した？　何のことを言ってやがる？　薬による力は確かに、人間にも効果があっただろ？」

くくくとロフトが笑い、薬を一つ取り出した。

……あの異常な魔力は、魔族が渡した薬が原因だった、というわけか。

「まあ、その効果があっても、そいつを倒せなかったのは予想外だった。オレの想像よりもおまえはずっと弱かったというわけだ」

「……だまれ！」

「イケ、やめろ！」

とびかかったイケを、ロフトは笑顔とともに蹴りつけた。イケは反射的に氷魔法を発動したようだったが間にあわない。彼の体は吹き飛び、地面を何度か転がって、動かなくなった。死んではいないようだが、呼吸は荒く、弱々しいものになっている。……ただ、俺はイケを助けにはいけなかった。

この魔族から目を離すわけにはいかない。

「さて、邪魔者は消えたな」

「まだ目の前に一人いるんだが」

「そうだな。さっさと消す必要があるな」

ロフトは髪をかきあげるようにして笑い、摑んだ薬を口に運んだ。

「オレたち魔族が、わざわざ人間を強化するためにこの薬を開発したと思うか?」

「優しい奴らだと思ったが、違うのか?」

「はっ。この薬は、オレたち魔族が真の力を解放するためにあるんだよ」

そういって、彼は薬を一つ口に運んでかみ砕く。

薬の砕ける音が響くと同時、彼の体が変化していく。

もともとあった翼や角、尻尾は鋭く太く伸びていく。人間と同じサイズだった体は、気づけば倍近く膨れ上がった。地面を尻尾が叩きつけると、その衝撃に世界が揺れたような気がした。

「……これがオレの真の力だ」

「ただ、でかくなっただけじゃないのか?」

「試してみればわかるさ。この前遊んでくれた礼も返してやるよ」

「この前は？　今回もだぞ？」

シーアに何かするっていうなら、相手しないわけじゃない。

ただ、この前のようにはいかないだろう。彼の強さが増しているのが痛いほどわかる。

ぴりぴりと肌をつつく彼から生み出される魔力に頬が引きつる。

……つよい。だからこそ――先に仕掛ける！

俺が80％の力で彼に殴りかかる。だが、俺は吹き飛ばされていた。反撃で殴られていたんだ。

さすがに、はえぇな。俺はその場でくるりと回って、体勢を直す。

拳を振りぬく。空を切った一撃をすかさず戻す。彼の尻尾をかわし、蹴りを放つ。

背後をとられた。後ろから迫る彼の一撃をかわす。

片手を地面につけ、その場で足を振り回す。彼の拳とぶつかった。

蹴り飛ばしたロフトへすかさず距離を詰める。

ロフトもまた、尻尾を地面に突き刺し、その場で回るようにとびかかってきた。

鋭く伸びた爪を拳で弾き飛ばし、その顔を殴りつけた。よろめいたロフトにさらに詰めるが、ロフトが消えた。

「遅いぞ人間！」

ロフトの口元が歪み、拳を振りぬいてきた。かわしきれない。痛みに体が硬直する。その隙をつくように、ロフトの連撃を受けるしかなかった。

回避しようとした先に、ロフトの攻撃が迫る。避けた先にすでにロフトがいる。……それはつまり、彼のほうが速いというわけだ。

「アーク！」

悲鳴のような叫びが聞こえた。その声をあげたのは、シーアだ。ロクロ先生に引きずられるように運ばれている。

「おい、シーア！　やめろ！　相手は魔族だぞ！」

逃げていた生徒たちも足を止め、シーアを呼び止めている。

「お、俺たちじゃ逆立ちしたって敵わない！　アークが勝てなかったら、どうしようもねぇぞ！」

「速くにげるんだ！」

「嫌よ！　アークはあたしの騎士よ！　一緒に旅人やるって言っていたの……っ。もうあたしは、アークから逃げるつもりはないわ！」

そんなシーアを必死に押さえつけるロクロ先生だが、シーアはまだ暴れている。

「ははは、ラッキーだぜ。あとで全員皆殺しにしてから連れて行ってやろうと思っていたんだが――てめぇのおかげで手間が省けたぜ」

……ああ、くそ。心配かけさせちまったな。立ちあがり、俺はロフトを睨みつける。

「おお、まだ立てるのか。だが、随分とふらふらじゃねぇか、大丈夫か？」

「生まれつき、下半身が安定してないんだよ。これは正常だっての」

俺は乱れた呼吸を整えるように何度も息を吸う。

「なぜ、シーアを狙うんだ？」

「はっ、これから死ぬのに聞いてどうするんだ？」

「それを聞けなきゃ、死んでも死にきれなさそうなもんでな」

「はっはっはっ！　なら、教えてやるさっ。聞いたらもっと、死にたくなくなるかもしれないがな！」

ロフトは高笑いのあと、髪をかきあげるように手を顔にやる。

「あの女は、この世界で魔力を生み出せるだけの力を持った人間なんだよ。まあ、無能なおまえたち人間は気づいちゃいねぇみたいだがな」

「魔力を、生み出す……」

「ああ、そうだ。だから、オレたちが利用させてもらうってわけだ。聞きたいことはもうないだろ？　さあ、さっさと——死ねや！」

とびかかってきた彼の一撃をかわし、その背後をとる。

１２０％の力——全身が悲鳴をあげているが、やるしかない。

「な……っ！」

彼が振り向くより先に、その体を殴り飛ばす。

ロフトは砂煙を巻き上げながら地面を転がった。

「今の、見えたか……？」

その声は、シーアたちのほうからだ。

シーアも目を見開いて、足を止めていた。

「さっさと、避難しろ！　こいつは俺が倒すっ！」

声を張り上げ、倒れていたロフトを見る。彼はよろよろと体を起こし、こちらを睨みつけていた。

その顔は憤怒で染まっている。

「て、てめぇ……まだ動けたのか？」

「不利に見せれば、色々情報を吐き出してくれると思ってな。他にもまだ隠してることがあるなら、教えてくれてもいいんだぜ？」

「……まだ、オレも本気じゃねぇってことだ！」

「そうか」

そいつは聞きたくなかったな。

勝手に、口元が笑ってしまっていた。恐怖か喜びか、正直わからないな。

邪魔な上着を脱ぎすてる。攻撃をくらい、ボロボロになっていたズボンの裾も破り、体を軽く動かす。だいぶ、動きやすくなったな。

さて——何秒持つかはわからないが、全力を叩きこんでやる。

ここからは120％——限界を超え続けるしかねぇな。

「ハァ！」

ロフトが吠えると同時、こちらに迫る。彼の動きは見える。殴打の連続を捌く。

尻尾が揺れた。足を薙ぐように振りぬかれたそれをかわす。

「遅い！」

ロフトの肘が顔に迫る。それを手ではじき、顔を殴りつける。

ロフトが吹きとんだがすぐに起き上がる。くそ、攻撃も防御も、捌ききっているのに、体の内側が悲鳴をあげやがる。

120％を一時的に使用したことはある。だが、長時間の使用は初めてだった。

吹き飛んだロフトを見ながらも、俺は筋肉が悲鳴をあげるのを抑えるので精一杯だった。

ロフトは、まだ立ち上がる。……正直、今ので死んでくれたほうがよかったんだがな。

「ふざけやがって……っ！　クソ人間ごときがッ！」

大地を蹴ったロフトが、気づけば眼前にいた。ここにきて、まだ速くなるのかよ……っ！

彼の拳を捌き、返しの拳を振りぬく。俺の一撃がロフトの腹を捉えたが、ロフトの一撃も俺の頬に当たっていた。

お互い吹き飛ばされる。くそ、足りない……っ！

——125％！

体が震える。体内の血が凄まじい熱を発し、体を突き破ろうと暴れまわっているかのような痛み――。

それでも力に任せ、拳を振りぬくとロフトの拳とぶつかり合う。

押し負けて、たまるか――。

130%だっ！

さらに力を籠めると同時、ロフトの右腕がひしゃげ、吹き飛んだ。身体強化を解除し、俺はその場で息を吐く。

……まずい。いまのでもう俺の力はほとんどすべて使い切ったといってもおかしくはない。

魔力だけは、呼吸を行い吸収していたが……魔力以外の力が足りなすぎる。

体の限界だ。

ロフトは、よろよろといった様子だが立ち上がる。彼の右腕は――動かなくなっていた。片腕はぶらぶらと揺れ、ロフトはその右肩を押さえていた。

……さすがに、無傷ではなかったみたいだが。そりゃあこっちも同じだ。

俺が再び身体強化を発動する前に、ロフトが吠えた。

「ふざけるな、人間がっ！」

ロフトはまだ、動けている。

無事な左腕を振りぬいてくる。それを何とか受けたが、大きく弾かれる。

身体強化を80％にまであげる。……慣れた80％でも、体が痛む。さっきまで、無理しすぎたんだ。

……くそ。なんとか、ロフトの攻撃を受けるが、回避と防御が精一杯だ。

とてもじゃないが、反撃する暇がない。

ロフトの尻尾が揺れ、回避しようとした俺の体が傾いた。

疲労だ。真っ先に来たのが足だったか。ロフトの尻尾に体を殴りつけられ、吹き飛ばされる。

立ち上がった俺の体に、ロフトの尻尾が巻き付いてきた。締め付けてきたその一撃に、俺は悲鳴しか返せなかった。

「かはは、どうした！　その程度か！」

どうにか、どうにかできないのか？　身体強化を発動したくても、痛みで満足に維持できない。

このまま、このまま終わりなのか？

そんなときだった。ロフトの体に何かがぶつかり、締め付ける力が一瞬弱くなった。

ロフトが苛立った様子でそちらを見る。俺もまた、乱れた呼吸のままそちらを見る。

「……なんだ？」

……なんで、なんでまだそこにいるんだ。

そこには、シーアがいた。他の教師や生徒たちを振り切ったのだろうか。

何、やってるんだ！　シーアは肩で息をしながら、片手を向けていた。

シーアの片手からは魔力の塊のようなものが連続で放たれる。

魔法、ともいえないただの魔力の塊。それを彼女はロフトへと放っていく。ロフトはそれを左腕で弾き落とす。

「……シーア、逃げろ！」

俺はなんとか声を張り上げ、叫ぶ。

「嫌よ！」

ロフトが苛立った様子で魔力をはじき続けている。ロフトは俺を捨てるように放り投げ、ゆっくりとシーアのもとに向かう。まずい、このままではシーアが！

「逃げるなんて、できるはずないでしょっ。あんたはあたしの騎士で、あたしは、あんたのご主人様よ！」

シーアがさらに魔力を込める。ロフトは苛立った様子で声をあげた。

「……四肢を折ったとしても、生きてりゃいいんだよ」

ロフトはシーアの前に近づく。シーアはすぐに逃げるように動いたが、その先にロフトは動いていた。それでも、シーアはロフトを睨みつけたまま、立っていた。

「……あんたに、あたしが倒せると思っているのかしら？」

「その余裕がいつまで続くかなっ！」

ロフトが拳を振り上げた瞬間だった。その体が氷に包まれていく。

ロフトが驚いたように動こうとしたが、体を氷が追いかける。

「……なっ！　てめぇは！」

「散々、人をバカにしやがって……なめんじゃねぇぞ！」

イケだ。ロフトの体を押さえつけるように羽交い絞めにし、その体を氷で固めていく。ロフトが暴れて、イケを殴りつけるが、氷でそれを押さえていた。

「くそくそっ、離しやがれ！」

「アーク……ッ！　早くしろ！」

「……わかってるっ！」

俺はなんとか立ち上がり、魔力を込める。イケは殴られても笑っていた。

顔が血で染まり、歪んでも、それでもロフトを押さえている。

「ふざけるなっ！　ふざけるな！　雑魚のくせに、オレを邪魔するんじゃねぇ！」

俺は右腕にだけ身体強化を集め、ロフトへと近づく。イケが、ロフトの体をぐっと持ち上げ、氷でその体を固めていく。

「その雑魚に、邪魔されてどんな気分だぁ？」

ロフトの表情から徐々に余裕がなくなっていく。イケを殴る動きが、緩慢なものになっていく。氷が彼を侵食していた。

「や、やめろ……やめろ！」

ロフトが叫んだ。俺は１２０％の魔力を右腕に籠め、振りぬく。

「サンキューな、イケ！」

「……」

　イケと一瞬目があうと、彼は穏やかに笑っていた。振りぬいた一撃がロフトの体を破り、吹き飛ばす。

　ロフトとイケは吹き飛び、そこで離れた。二人が地面に倒れ、ロフトの体はまるで霧のように消滅した。

　これで、終わったんだ……。俺はすぐに顔をあげ、叫んだ。

「……シーア！」

　叫ぶと同時、近くにいたシーアが思い出したように動き出した。

　シーアは俺を一瞥しただけで、すべてを察してくれたようだ。

　俺はその場で倒れ、荒く息をついた。

　やべぇ、もう一歩も動ける気がしない。それでも、この疲労はどこか心地よくも感じられた。

　つーか、よく最後動けたな、俺。もう一歩も動ける気がしなかった。

　疲労に体を預けるように目を閉じる。しばらくして、体を柔らかな光が包んだ。

　体の疲労や痛み、すべてが回復していく。それでも、なんだろうか。

　妙なけだるさまでは消えてはいなかった。しばらく、ゆっくり休んでいたいな。

　ゆっくりと目を開けると、目尻に涙をためていたシーアが見えた。

頭に柔らかな感触がある。これはまさか……シーアによる膝枕か!?

一瞬で意識が覚醒した。全神経が俺の後頭部へと集まる。

「……シーア、イケは？」

「あんたのご主人様が信じられない？」

「……そうか、大丈夫か」

あのとき、先にイケの治療に向かった時点ですべてわかっていた。

俺よりも状態が悪いだろうイケのほうを見ると、担架で運ばれている。まあ、シーアの治療を受けたのなら大丈夫だろう。

「傷は治ったから、あとは目を覚ませばそれで大丈夫なはずよ」

「……そうか」

「それで？　あんたはまだ起き上がれないの？」

いや、もう動ける程度には回復している。けど、俺は――。

「みたい、だな。……体が重たいんだよ。もう少しだけ、休ませてくれないか」

「……まったく。情けない騎士ね」

そういったシーアだったが、俺を見下ろす表情は穏やかだった。軽く彼女が髪を撫でてくれた。

一気に眠気が襲ってきて、俺はそのまま目を閉じた。

もう少しだけ彼女に甘えたい気持ちがあった。

たまには、ちょっとくらい素直になっても大目に見てくれるよな？

第十二章　ひねくれ騎士とわがままお嬢様

ロフトを倒してから、数日が経過した。

俺も完全復活して、イケも同じく復活したようだ。

シーアの治癒魔法を受けてから、体の調子がすこぶる良い。

そんな俺は今、イケとともに歩いていた。

こうしてともに歩くのはいつ振りだろうか。そんなことを考えていると、イケがちらとこちらを見てきた。

「……本当に会うつもりなのかよ？」

「まあな」

今俺はキルニス家に向かっていた。

もともと、イケはオレを家に戻そうとしていたらしい。なら、こちらから押しかけたほうがいいだろう。

屋敷につくと、一礼とともに使用人が近づいてきた。

「おかえりなさいませ、アーク様」

「よその人間におかえりなさいませはないだろ」

そうはいったが、使用人は態度を変えない。俺たちは父がいる書斎へと案内される。

そちらに向かうと、キルニス家当主が嬉しそうな顔を見せた。

「おお、久しぶりだなアーク。バカな弟が迷惑をかけたようだな」

「別に迷惑じゃない」

「さすが、兄だな」

「兄じゃねぇよ」

当主——バルフォンはその反応を予想していなかったわけではないようだ。彼は険しい表情を浮かべる。

「昔、おまえを追い出すときは苦渋の決断だったんだ。おまえならきっと、この逆境をはねのけてくれる。そう信じていたからこそ——」

「余計な話はなしにしようぜ。俺の父親はこの世界でたった一人だけだ」

「……それはそうだろう」

「俺を拾って、ここまで育ててくれた人だけだ。あんたじゃない」

俺の言葉に、当主は眉間を寄せる。

「……シーア様の騎士。スパイト様には否定されているようだな。それは、おまえの立場が不完全なものだからじゃないか？」

「そうだな」

「ならば、うちに戻ってくれれば下級とはいえ貴族から始められる。おまえにとっても、悪い話じゃないだろう」

それが俺を呼び戻すための餌ってか？　餌にしては随分と粗末なものだ。

「俺の道は、俺が決める。俺は俺の力で、道を切り開く。今日はそれだけを伝えに来たんだよ」

「……家を、捨てるというのか！　おまえを生み、育てたのは誰だ!?」

「先に捨てたのは、どっちだよ」

俺はそれだけいって、ひらひらと手を振って歩き出す。

「それと、俺とイケは友達だ。家に戻るつもりもねぇが、そっちとしては友人の立場の人間がいれば十分じゃないのか？」

俺の言葉に、イケは目を見開いた。それからイケは、こちらに歩いてきた。

「……アーク、貴様は愚かな選択をしたんだぞ？」

「そっくりそのまま返すぜ、昔のあんたにな」

「ふざけるなよ、アーク！」

「ふざけてるのはどっちだ！　俺たちはあんたの道具じゃない！」

そう叫んで、書斎を出ると同時、イケも俺の隣に並んだ。

イケは申し訳なさそうに視線を下げていた。俺はなんと声をかけようか迷っていると、

「アーク、そのオレは……」

「勘違いするんじゃねぇよ。俺も別におまえを助けるためにやったわけじゃない」

ただ、色々と気づいたことがある。……俺は彼の兄として、何もしていなかった。

彼の兄として残してきたものは、欠点ばかりだった。

だから、俺は最後に彼の兄としてケジメをつけただけだ。それ以上のものは何もない。

だからせめて、最後に一つだけ。けじめのようなものだ。

「アーク、色々と迷惑をかけて…………悪かった」

イケがすっと頭を下げてきた。それに俺は少し迷ってから、頷いた。

そう、だな。

だからこそ、次はこんなことが起こらないようにしておきたかった。

「罰ゲーム」

「……え？」

「まだ決めてなかったと思ってな」

「そう、だな」

イケは少しだけ緊張したように唇を結びなおした。

そんなイケに俺は、息を吐いた。

「自分らしく生きろ。誰かの道具じゃないんだ、俺たちは」

「……アーク」

イケは目を見開き、それからゆっくりと頷いた。

「……ああ、わかった」

「そんじゃあな」

俺はひらひらと手を振って、キルニス家を後にした。

書き下ろしエピソード　わがままお嬢様の企み

アークとともに実験都市トラベラーに戻ってきたその日の夜。

屋敷に戻ってきたあたしは、部屋に置かれた椅子に腰かける。深く背中を預け、一度深呼吸。

アーク生きてたのね。嬉しくってつい口元がにやけてしまう。

アークの奴。昔と何も変わっていなかったわね。

相変わらず、あたしに興味なさそうな顔で。

……それはそれで、少し気に食わないのだけど、まあいいわ。

小さく息を吐き、あたしは部屋にあったベルを振った。しばらくして、廊下から足音が聞こえた。

「はい、なんでしょうかお嬢様」

あたしの専属メイドであるラフィア。

「アークを部屋に案内したのよね。様子はどうかしら？」

「えー、そんなに気になるなら自分で見てきたらいいじゃないですかー」

「はぁ？　別に気になるわけではないわよ」

ラフィアは使用人の立場であるにもかかわらずこのような態度だ。

だからこそ、あたしの専属なのだけど。

ある意味、あたしのつまらない日々を多少は楽しめるものに変えてくれた彼女であったが、そのラフィアはというと、口元を隠してニヤニヤと笑っていた。

「何よ」

「いやぁ、シーア様がいつも見せないような笑顔を見せているだけで、もう私としてはですねー、色々と勘ぐってしまうんですよ」

「勘ぐられるようなことは何もないわ」

「アーク様のこと、好きなんですよねぇ？」

「はぁぁ!?」

彼女のぶしつけな言葉に、あたしは顔が熱くなるのを感じた。

なぜ？　という疑問がいくつも浮かぶ。どこで、いつ気づかれたのだろうか？

そんな失態をするようなあたしではない。

「顔を見てればわかりますよ？　こちとら、何年シーア様の使用人をやっていると思っているんですか？」

「……知らないわ」

「へぇ、そうですか。それじゃあ、私がアーク様を誘惑してもいいんですね？」

「……誘惑しても構わないわ」

「え、ほんとですか？」

「まあ、その後、あなたの人生は終わると思っておきなさい」

「知ってますかシーア様。それは誘惑しないで、といっているんですよ？」

知らないわ。これ以上、話していてもボロが出るだけね。

あたしは腕を組んで、彼女から視線を外す。

……アークが部屋で落ち着けているかどうか。それだけ確認したかったのに、余計なこと言ってきて、まったく。

「シーア様。アーク様のことを聞きたかっただけですか？」

「……違うわ。これから、旅人学園の入学試験を受けてもらう必要があるのは、聞いたかしら？　その過去問を用意してもらえる？」

「はい。使用人たちの間では話題になってますよ。シーア様の最愛の騎士が戻ってきてくれた――って！　ただ、その条件が入学試験と聞いて、みんなちょっと心配していましたから」

「ちょっと待ちなさい！　使用人たちもそんなバカげたことを言っているの!?」

「シーア様。アーク様の部屋お隣ですよ？　あんまり大きな声あげたら、聞こえちゃいますよ？」

「なっ！　あんたももうちょっと声を抑えなさい……っ」

あたしは慌てて口に手をやる。

それから、ぽんっと彼女が手を叩いた。

「大丈夫です！　アーク様、先ほどお風呂に向かわれたところを見ていますから！」

「ぶっ飛ばされたいのかしら！」

あたしが声をあげると、ラフィアは楽しそうに笑う。

……まったく。あたしは、椅子に座り直し、足を組む。

「あたしが、アークのこと。…………好きだっていうのは絶対に、誰にも言わないでちょうだい」

「任せてください。私が、お嬢様の困るようなことをするわけないじゃないですか！」

「……滅茶苦茶信用できないわね」

「もちろん伝えるつもりはありませんよ。だって、そっちのほうが楽しいですし」

「人の恋心を楽しむんじゃないわよ、まったく……」

顔が熱い。彼女の口ぶりからして、もしかしたら屋敷の人全員が知っている可能性があるわね。

そんなに、わかりやすかったかしら？　あたしとしては、隠し通せていると思っていたけど……。

「ラフィア、もういいわ。明日までに、過去問だけ用意しておいてちょうだい」

「任せてください。すでにすべて用意してあります」

「……さすがに、仕事できるわね」

「いやいや、スパイト様が書庫にしまってあった過去問すべて捨てていましたので、回収しておきました。丁寧にすべてまとめてくださったので、滅茶苦茶楽でした」

「ナイス」

　ぐっと親指を立てると、ラフィアも親指を立てる。

「あとは、アークに過去問を解かせればいいだけよね」

「シーア様。そこはシーア様が教えてあげるべきではありませんか？」

「……なんですって？」

「仲を深めるチャンスではありませんか。なんだったら、さりげないボディタッチとかも出来るかもしれませんよ？」

「…………ラフィア。計画を立ててるわよ」

「はい、お任せあれ！」

　それから、勉強を教える際にいかにボディタッチができるかどうかを研究していく。

　ラフィアが近くにあった本を開き、椅子に座る。彼女がすっと、あたしを見てきた。

「それじゃあ、私アーク様になりますよ」

「なるほど、いいわね」

「シーア、今日も可愛いぜ」

「誰よ」

　あたしが嘆息をつくと、彼女はすっと本に向かった。

「例えば、問題文を指さすふりをして、さりげなく体を寄せるとかはどうですか？」

「……採用ね」

いいながら、ラフィアに勉強を教えるふりをして、そっと近づく。本のある部分を指さし、伝えるのを意識してみる。……悪くないわね。

「それと、勉強が終わった後は、マッサージをお願いするんです」

「……ちょっと、待ちなさい。あたしがマッサージをするのではなく、されるほうなの？」

普通逆ではないかしら？

アークが頑張っていて、せっかくの休憩であたしのマッサージって、おかしい話ではない？

「ええ、そうです。男心をくすぐってやるんです。普通、気を許していない男性に、女性が背中をさらすなんてあると思います？」

「……ないわね」

「だからこそ、シーア様がお願いするんです」

「それは、わかったわ。けど、さすがに勉強で疲れている相手にお願いするほど、あたしもわがままではないわ」

「え、お嬢様の平常運転ではありませんかっ！」

「あんたが普段あたしをどう見ているかよくわかるわね」

「え、シーア様なら普通に頼めますよね？」

「……心外ね、できるわ」

「でしょう？」

「け、けど……もうちょっとこうおしとやかにしたほうがいいのではないかしら？　世の男性はそういう子のほうが好みでしょう？」

「大丈夫です。アーク様はありのままの女性が好きだと思います！」

「……そう、かしら？」

「はい。これでも、私、見る目はありますから」

「……なら、信じるわよ」

「お任せください！　第一男って単純なもんですよ。黙っていれば美少女のシーア様の体を触る権利をもらえたら、それだけで喜ぶものですよ！」

「……そう、なのね」

ラフィアのアドバイスを聞きながら、メモを行っていく。けど、アークは普通の男じゃないからどうなるやら。

「……ありがとう、ラフィア。あなたがこんなに頼りになったのは初めてだわ」

「もう、信頼してくださいよー！」

「……恋愛に関してだけは、ちょっとくらい信じてやってもいいわね」

「本当ですか、頑張りますね！　ま、私生まれてこの方恋愛したことないですけどね！」

「本当にアテになるの!?」

ラフィアはけらけらと笑って部屋を去っていく。

……もっとああいう性格の子が屋敷に増えてくれたら、私ももう少し楽しめるのだけど。

ラフィアに聞いた通りに行動したけれど、作戦自体がうまく行ったかはわからない。

けどまあ、アークが試験に合格したので、ただそれだけは嬉しかった。


アークの合格通知書が届いた日の夜。

あたしはまた、ベルを鳴らした。

夜も遅い時間であったが、事前に話してたこともありラフィアがやってきた。

さすがに、仕事は終わっているので寝間着姿だ。

「それで、今日の相談は何ですか?」

「……アークと明日、外に出かけることになったわ」

「デートですか!　やりますね!」

「ででデートではないわ!　ていうか、今は隣アークいるんだし、静かにっ!」

聞こえたらどうするのよっ。……まあ、あのときあたしもアークにデート、と言って誘ってはいる。あまり、効果はなかったみたいだけど。

しかし、ラフィアは首を振った。

「安心してくださいよ。この家の構造で外に声が漏れるってまずありませんから」

「……それならいいけれど。なら、前回もそうやっていいなさいよ！」

「そんな！　それではからかえないじゃないですか！」

この、メイドは……っ！

ラフィアに嘆息を返しつつ、あたしは椅子に座り肘をつく。

彼女に椅子を示すと、ラフィアがそこに座ろうとして、ぴたりと止まった。

「これって、アーク様が勉強する際に使っていた椅子ですよね？」

「そうだけど、なに？」

「私がこれに座ってしまいますと、アーク様の匂いがなくなってしまいますよ？　いいんですか？」

「そんなの気にしたこともなかったわよ！　変態なのあなたっ」

「え、座ったり嗅いだりしてないんですか？」

座ったことはあったけど、嗅ぐという発想はなかったわね。

「いいわよ、座りなさいっ」

そこまでいうと、彼女はすっと座った。話を始めるまでに時間かかりすぎよ……。

「それで、明日のデートに関する相談で良かったんですよね？」

「……ええ、そうよ」

デートの部分を否定したかったけど、そこに無駄な時間を使うわけにはいかない。

明日のデートに備えて、今日はしっかりと休んでおきたいのよね。

せっかく、アークと出かけられるんだから、万全の状態で楽しみたい。

「何か聞きたいことがあるんですか？　デートの行先とかは決まっているんですか？」

「いえ、そこはアークに任せているわ。名目は、アークの好きなものを買いに行くということなのよ」

「……なるほど。それでしたら、シーア様主導で店の案内をするというのはどうでしょうか？　シーア様のペースで進められると思いますが」

「確かにそうね」

「それで、カップルで行くならオススメのいい店があるんですよ」

「カップル、ではないわ」

「はいはい。『ザフォン』というお店になります」

「……そういえば、学園でも話している人がいたわね。ケーキとかがおいしいお店だって聞いたけれど」

「はい。ですが、普通の食事もできるお店です。そこに、カップル限定のパフェがあるそうですよ」

「……なにその頭が痛くなるような限定品は」

「カップルであることを証明できれば、その料理を注文できるというわけです。シーア様がどうしても食べたいという思いを伝えれば、アーク様もきっと協力してくれるはずです」

……アークはなんだかんだ頼み事を聞いてくれると思う。ただ、途中に気になった言葉があった。

「カップルであることを証明って……」

「なんだと思います？」

「き、キス……とか……かしら」

アークとキス……。それを考えた瞬間、顔が熱くなった。

「なるほど、お嬢様、さすがです」

「……ほ、本当にキスする、のね」

「いえ、ただ食べさせあいっこすればいいみたいですよ？」

「何がさすがよっ！」

あたしの言葉に、ラフィアはけらけらと笑っている。

ああ、むかつく。アークがいないときは、お互いに軽口をたたきあっていたはずなのに、今ではラフィアに一方的にやられてしまっている。

今度、ラフィアに好きな人ができたときは、たくさんやり返してやろう。

笑いすぎて目じりに浮かんだ涙をぬぐいながらラフィアは、すっと表情を柔らかな笑みに戻した。

「それなら、素直になれないシーア様でも、仕方ないということでできるのではないですか？」

「……あんた、天才？」

「知ってます」

……その発想はなかったわね。

彼女があたしをからかうためだけに、この作戦を決行したわけではないのだろう。

仕方なく、やるしかない。そういう状況に持ちこむことで、無理やりする。

あたしのことをよくわかっているわね、このメイドは。

「まあ、シーア様が素直になれれば別にいいと思うんですけどね」

「無理よ、そんなの」

「なんでですか？」

「恥ずかしいし、怖いわ」

「……別に怖がる必要はないと思いますけどね」

「何よ、あたしにだって、怖いものの一つや二つくらいあるのよ」

「あー、そういうわけではないですけど。まあ、私は温かい目で見守らせてもらいますよー」

ひらひらとラフィアが手を振っている。何が言いたいのかしらね。

主語が抜けているせいでわかりにくい。あたしが質問しようと思ったときだった。

「とりあえず、お昼だけはここで食べたらどうですか？」

「ええ、そうするわ。その他はどうしようかしら？　アークだって、街にはそんなに詳しくないだろうし、あたしがエスコートする必要があるわよね」

「そうですね。まあ、無難に冒険者通りとかを案内してみたらどうです？　男の子はやっぱりそういう場所を見て回ったほうが楽しいと思いますし」

「……そう、ね」

「それと、今回見つからなかったら、また次回一緒に出掛ける口実ができますよ？」

「……ラフィア、あんたってやっぱり天才？」

「知ってます」

ピースを作るラフィア。ここまで彼女が頼もしいと思ったことはなかった。

「わかったわ。とりあえず、午前中は適当な店に行って時間を潰してみるわ」

「はい、頑張ってください。それと、ギルドとかも案内してみたらどうです？」

「ギルド？　ガラの悪い人がたくさんいるじゃない」

「そこはアーク様がいるから大丈夫でしょう？」

「そうね、アークは最強だし」

「私が言いたいのは、なるべく人混みを歩いたらどうですか、というわけです」

「人混み？　あたし、嫌いなんだけど」

「はぐれたら問題だからといって、手をつなぐんですよ」

「……天才だわ」

「ですよね？　はぐれたら面倒だから、仕方なくとでも言っておけば完璧でしょう？」

「そうね、仕方ないのなら、仕方ないわね」

「はい、仕方ないのです」

ラフィアに相談して正解だったかもしれない。

歴史に名前を残した軍師でもきっと思いつかなかった作戦の数々。

またこういう機会があったらラフィアに相談してみるのもありかもしれない。


そして、約束の日の朝になる。

昨日のうちに服は選んである。デートを意識している、とは絶対に思われたくなかったので、なるべく落ち着いた服にした。

ラフィアに着替えを任せ、あたしは今日の予定を何度も脳内で再現していた。

まず、前提として楽しみであったこと、あたしが行く場所を事前に決めていたこと、などは絶対に、何があっても顔にも口にも出してはいけないということだ。

少しでも悟られるような行動はしない。アークにあたしの気持ちを気づかれるわけにはいかないのだ。

だって、恥ずかしいから。……それと、もしもアークがあたしのことが嫌いだったとき、嫌だから。

……嫌われてはいないと思う。だけど、きっとそれだけ。好きとも思われていないと思う。

だから、あたしは自分の気持ちを隠したまま、少しでもアークに好かれるような振る舞いをする必要がある。

……難しいわね。本当、自分の気持ちを素直に伝えられたらどれだけ楽か。または、アークが何を考えているのかわかったらどれだけいいだろうか。

「準備完了ですシーア様。今日も可愛いですね」

「変なところはないわよね？」

「あるわけないじゃないですか。完璧ですよ」

ぐっと親指を立てたラフィアに、あたしはひとまず安堵の息をつく。

「珍しいですね、シーア様が緊張しているなんて」

「……そうね。生まれて二度目かもしれないわ」

一度目は、アークの魔法発表会前日だ。その日、アークにとびきりの固有魔法が発現することを祈っていたのよね。

アークが発表される直前まで、ずっと緊張していたものだったわ。

結果は最悪だったけれど。……今回は、そんな最悪な結末にならないことを祈るしかない。

まあ、あたしはアークの一件から神を信じないことにしたのだけど。

部屋を出たところで、アークと合流する。

こちらに気づいた彼は、普段と変わらない軽い調子だ。アークの服装は、シャツ一枚程度の地味目な格好。とはいえ、暖かくなり始めた今の季節にはちょうど良い服装だ。

そんな彼とともに屋敷を出て、しばらく歩いていく。

……アークに軽く質問してみたが、彼は特にほしいものは決まっていないそうだ。

だから、街を見て歩きたい、と。

なら、好都合ね。

「それなら、冒険者通りでも見て歩くのはどうかしら？」

「冒険者通り？　ってことは、ギルドとかがある場所か？」

「ええ。思いがけない掘り出し物が見つかることもあるそうよ。どう？」

「そう、だな。行ってみるか」

アークが軽く伸びをして、歩いていく。

こいつ……あたしが必死にあれこれ考えて誘っているのに、まったくそのあたり考えていないわね。

好都合なんだけど、ちょっと癪ね……。

そんなことを考えながら、あたしはアークの隣に並ぶ。

冒険者通りは、休日ということもあってか、人であふれていた。

ここまでは、狙い通りね。

「思っている以上に、人が多かったわね」

「冒険者通りっていつもこんな感じなのか？」

「休日は外に出ないから知らないわ」

「なるほど……遊びに行く相手がいない、と」

「何か言ったかしら？」

あたしが軽く睨むと、アークはいつもの調子で肩を竦めてみせた。

「さすがに、こんだけ人いるとゆっくり見られないよな……。また今度にするか？」

まずい、このままではアークが立ち去る。このままでは、せっかくの計画が台無しじゃないっ。

「……いえ、行くわよ」

「おまえがわざわざ人込みに出ようとするなんて珍しいな……何かあるのか？」

ぎく、っと心臓が跳ねかける。それを必死に隠し、あたしは腕を組む。

「いつだって、冒険者は多いんだからいいじゃない」

「そうか？　いや、まあ別にいいけどな」

アークはぽりぽりと頭をかきながら歩きだす。

とりあえず、冒険者通りに入ることはできそうだ。

問題は……ここ、ね。

あたしは唇をぎゅっと噛む。言え、言うんだあたし……っ。

「アーク、手を繋いでいかない？」

「へ？　い、いきなりどうした？」

驚いた様子を見せるアーク。確かに、普段のあたしを知っていたら驚かれるだろう。

だからこそ、事前にいくつもの会話を用意してあるわ。

「これだけの人数よ？　ペットを放し飼いにしておくわけにはいかないわ」

「別に誰にも噛みつかないぞ？　そんな狂犬に見えるか？」

「ええ、それはもう、凄い目つきね。まるでゾンビだわ」

「へいへい。まあ、お嬢様がそういうなら俺は構わないけど」

あたしの言葉に、アークはぶっきらぼうな様子で片手を出してきた。

視線はそっぽを向いて、ため息のようなものをついている。

……アークって本当あたしに興味ないわよね。

あたしは、これでもたくさんの貴族に告白されてきている。もちろん、それらはあたしの家柄を狙ってのものばかりとはいえ、あたしの容姿が並み以上だったために、普通よりもたくさんの男性に告白されてきた。

……なのに、アークはまったく興味を持っていない。

それが昔は嬉しかったが、今はただただ悲しくなってくる。きゅっと胸が少し苦しかったけど、それは昔の自分が原因でもある。

少しずつでもいいから、あたしを見てもらえるようにしないとよね。

「ほら行きましょう、アーク」

彼の手を摑み、あたしは引っ張った。

「そういえば、あんたにあげたネックレス」

「ああ、これか？」

アークは胸元からネックレスを取り出した。

服の中に隠されているが、彼はそれをいつも身に着けてくれているようだ。

まさか、別れてからずっと持っているとは思っていなかった。

……そういうところ、凄い嬉しかった。彼の優しい部分だとも思っている。

「それも、この通りで見つけたものなのよ」

「へぇ、丈夫なもん置いているんだな。さすが、冒険者が利用する店が並ぶわけだ」

「なにあんた。それを武器にでも使ったのかしら？」

「いやいや、使っていませんよー」

彼の飄々とした態度に、あたしは嘆息する。

……たぶん、使ってはいないだろうけど、時々アークが何を考えているのかわからない態度をとるときがある。

そういうのを見ると、少し不安になる。また、目の前からいなくなってしまうのでは、と思ってつい握る手に力がこもってしまう。

アークはたいして気にしていないみたいだけど。

「シーア、あっちの店はなんだ？　魔物を扱っているのか？」

「ええ、魔物ショップね。犬とか猫みたいなペット感覚で購入できるものよ」

「へぇ、聞いたことはあったけど、実際に見るのは初めてだな」

「なら、見てみるかしら？」

「……うーん、またあとでいいか。今はプレゼント選びだしな」

早く、決めたいのかしら？　早々に決めてしまって、あたしとのデートを終わらせたい、とか？

アークが何を考えているのか、それを読もうとするとどうしても嫌な思考がちらつく。

普段はこんな弱気な考えは出てこないけど、アークに関してだけはどうしてもダメなのよね。悪い思考ばかり先行してしまう。

魔物ショップはまたあとに、ということで次の店を探していく。

「本屋、か」

「入ってみる？」

「ああ」

といっても、家の屋敷なら結構な本がある。

アークが欲しい本も、置かれているかもしれない。

本を刷る技術もかなり進んだ。今では平民でも手が届くほどにまで、本の値段が下がっている。

冒険者通りということもあって、冒険者に関係する本が多くある。

例えば、狙っている魔物の出現地点であったり、迷宮攻略のために必要な知識であったりだ。

アークもそういったものに興味があるようで、意外と熱心に本を手にとって見て、戻してを繰り返してる。

そういう子どもっぽい姿は普段あまり見たことがなかったから、新鮮ね。

あたしも近くで本を手に取って、眺めていく。

……本、か。

アークと再会してからあたしは、恋愛に関する本を色々と読んだ。

特にためになったのは、男性と女性の考え方の違い、かしらね。

男性は女性の察してほしい、とかそういう気持ちがわからないとか、へぇ、と感じる部分が多くあった。

男性も女性も、そういう違いを理解しておいたほうがいいですよー、なんて本の最後には締めくくられていたわね。

ただ、あたしの場合少しだけ違ったなって思ったのは、別れたあとのことかしらね。

男性は、一つの恋を長い時間引きずることが多いみたい。よりを戻したがるとかね。

女性は、逆に新しい恋で前の人を忘れるらしいのよね。

まあ、あくまで大多数の人間にあてはまるだけで、すべてがそういうわけではないとも書かれていた。

あたしは、男性に近い恋をしているんだと思った。少なくとも、アークに関しては。

だから、いつまでもアークのことを想って、そして今も……こうやって、隣にいたいって……。

ちょうど、アークがこちらを見て、視線がかちあう。慌てて本に視線を戻した。

「シーア、何かいい本でもあったか？」

「どうかしらね？　あたし、冒険者をやるつもりはないからわからないわ」

「そうか」

「アークは何かあったの？　この辺りにあなたの好みそうなエッチな本とかはなさそうだけれど……」

「そんなものもあるのか？」

……そうか、アークはそういうのに触れたことがないのね。

長い森生活、パッと見た感じあの小屋に娯楽というものはなさそうだったし。

「ええ。あるみたいよ。以前親父が見ている場面を使用人が目撃していたわ」

「……なにやってんだか」

本当にね。あたしたちが笑いあっていると、アークが伸びをした。

……身長、伸びたわよね。昔は並んでいられたのに、今では少し見上げないといけない。

ただ、その身長差に少しだけドキリともした。

「まだ、ちょっと色々見てみたいし、別の店行くか」

「ええ、そうね」

外に出たところで、アークがすっと手を握ってきた。

自分で提案しておいて、忘れていた。アークはあたしの手を握るとすぐに歩き出したので、彼の顔は見えない。

……よかった、こっちを見ていなくて。不意打ちの感触にきっとあたしの頬は赤くなっていたから。

「アーク、ギルドに冒険者登録でもしておく?」

「冒険者登録って、確か登録費用がかかるよな? ……さすがにそれをプレゼントっていうのもな」

「別に、それはプレゼントじゃないわよ。冒険者登録をしておけば、身分証明書として機能するし、最悪お金に困ったときは依頼を受けるとかもできるしね」

「……そうか。それじゃあ、今だけ登録費用貸してもらっていいか?」

そんくらい、出すわよ。と言っても、たぶんアークは首を振るだろう。

後で依頼でも受けて、今日の分の費用くらいは返そうとするはずね。

「わかったわ。期待せずに待っておくわね」

「おう、他に何かつけて返してやるよ」

あたしたちはギルドに移動し、中へと入る。

……むわっとした汗の臭いに思わず顔をしかめる。まったく、冒険者たちはこれだからあまり好きじゃないのよね。

「アーク、受付はあそこよ。これが費用になるわ」

「ああ、ありがとう。そんじゃ登録してくる」

「ええ、あたしは近くの席で待ってるわ」

久しぶりに長く歩いて、少し足も痛かった。

アークが受付の列に並んだのを確認してから、あたしは近くの席に向かう。

そこは、冒険者たちに用意された席だ。迷惑にならないよう、椅子を一つだけ借りて座る。

家紋が見えるようにしておけば、誰も絡んでくることはないだろう。

冒険者。固有魔法を持つが、旅人になれるほどの才能を持っていない人がなる職業という考えが強い。

稀に、旅人に匹敵するような才能を持つ人が、なぜか冒険者を専業にしている場合もあるとか。

国としては旅人になってほしいようだが、国内の治安を守るのもまた大事な役目だ。

魔物が大量発生したときなんかは、旅人も駆り出されることがあるくらいだし。

だから、旅人を見ると結構好戦的な冒険者もいるとか。

あたしもアークも、今は学園の制服ではないので絡まれることはないだろうが――。

「ねぇねぇ、キミカワイーね！　どう？　オレと一緒に昼いかなーい？」

なに、こいつ。あたしに声をかけてきたテンションの高い男をじっと睨みつける。

「ねぇねぇ、一人なんでしょ？」

「連れがいるの」

「いーじゃんいーじゃん。キミを一人にしている連れより、オレのほうが楽しませられるよ？　なんなら、お昼のあとは冒険者の心得も教えちゃうよ？　オレ、これでもCランク冒険者なんだぜ？　午後にはゾンビ狩りの依頼を受けてるんだ。一緒にどう？」

「へぇ、それなら早速そこにいるわよ」

「いやいや。こんな街中に……ゾンビ!?」

「誰が討伐対象だ」

登録が終わったようで、アークがちょうど戻ってきた。

「アーク、終わったのね。それじゃあ、外に出ましょうか」

「ちょ、ちょっと！」

あたしに声をかけてきた冒険者が、前を塞ぐ。

「お、おまえ……ランクは!?」

そういってアークを睨んだ冒険者。

「ランク？　さっき登録したばっかりだが」

「なら、オレのほうが上だ！　ほら、お嬢ちゃんそんな男よりも――」

彼があたしのほうに手を伸ばしてきたが、その手首をアークがつかんで捻りあげる。

……たぶん、身体強化を使っているのだろう。あと、めっちゃ目つきが悪くなっている。

「シーア様にこれ以上何かするっていうなら、相手になるが？」

アークの威圧するような声に、彼はすっかり震え上がっている。

騎士として、あたしを守ってくれたのだろう。……男性として守ってくれたのならもっと嬉しかったのに。

「アーク、もうそのくらいで大丈夫よ。行きましょう」

「……そ、そうだな」

……昔は魔力効率が悪かったらしいけど、今はそれも身体強化で補えているらしい。

少なくとも、この部分に関してだけはすべての人が鍛錬を積むべき部分よね？　けど、あたしは何も言うつもりはない。

だって、アークの特別がなくなって、またアークがあたしの騎士を続けられなかったら嫌だから。

ギルドを出たところで、アークがため息をついた。

「まったく、相手が貴族だってわかってるのかね」

「どうなのかしらね？　まあ、貴族であること自体はわかっていたんじゃないかしら？」

さすがに、平民が家紋まで覚えているということは少ない。

ギルドを出て、しばらく歩いていく。

……よし、いい感じね。目的の店であるザフォンまでもう少しだわ。

視界に店を入れたところで、あたしは一つ咳ばらいをする。

「そろそろ、昼だけど何か食べたいものはあるかしら？」

「そうだなぁ……俺としてはがっつり食べられればなんでもいいんだが、このあたりにそういう店はあるのか？」

「あたしも詳しいことはわからないわ。とりあえず、そこに入ってみる？」

あたしはザフォンを指差す。アークはこくりと頷いてくれた。

作戦は見事に成功ね。一応、ラフィアに感謝しつつ、店内へと入っていく。

そこから、一時的にあたしは無表情を意識しながら進めていくことにした。

あたしたちは店員から渡されたメニュー表を見る。

「このカップル限定特大パフェって何かしら？　凄いおいしそうなのだけど」

「ああ、そちらはですね。カップルの方限定で行っているサービスなんですよ。お二人でしたら、問題ありませんね」

「か、カップル……」

だ、だめだ。わかっていたのに、顔がにやけそうになる。それを必死にこらえる。

アークをちらと見る。彼なんて、いつも通りの何を考えているのかわからない表情である。

ていうか、少しは意識しなさいよ。感情まであんたゾンビなんじゃないのっ。

「アーク、これ食べたいのだけど、注文してもいい？」

「ああ、俺は別に構わないぞ」

「じゃあ、とりあえずこれで。アーク、何か他に注文は？」

「いや、とりあえずパフェ食べてから考える。特大がどのくらいかわからないし」

「……そうね」

その点だけは少し反省だ。

アークのために今日は外に出ているのに、あたしのわがままを通すなんて。

それも、あたしの欲望に従って、だ。

店員が去ったところで、あたしはアークに声をかける。

「悪かったわね、あんたのものを探しにきたのに」

「別に。これも騎士の務めじゃないのか？」

アークは、本心ではどう思ったのだろうか。

こういうときのアークは、まったくわからないのよね……。

はぁ、とりあえず、言葉をそのまま信じるしかないわね。

特大パフェが来るまでの間、あたしはいくつか質問してみる。

「アークはパフェとか食べたことあるの？」

「いや、ないな……。聞いたことはあるけど……どんな感じなんだ？」

「そうね……グラスみたいなのに、生クリームとかが入っている、わね」

いざ改めて説明しようとすると難しいわね。

「……ああ、あんな感じか？」

「そうね、まさにあれよ」

ちょうど近くの席の子どもが注文していた。

「カップル限定、ねぇ」

びくっと肩があがる。アークは何かを考えるように視線をあたしから外していた。

な、なに今の言葉は？　意識しているからこその言葉なの？

顔を見る。相変わらず、何を考えているかわからない死んだような顔ね！

そんなことを考えていると、特大パフェが運ばれてきた。

「おまたせしました。カップル限定特大パフェになります！」

運ばれてきたパフェには、パフェをすくうためのスプーンが二つあり、あたしが一つを掴む。

「あっ、申し訳ありません。一応カップルってことを証明してもらうために、何かしらアクション起こしてもらっていいですか？」

「あ、アクション？」

来た、と思った。予想通り、やることは決まっている。

ただ、予定していたにもかかわらず、体が強張ってしまう。

「はい。一番はキスとかがいいですが……」

キキキキキス!?　ちょっと、ラフィア話と違うじゃない！

「さすがにそこまでを求めてもあれなんで、一緒に食べさせあってもらうくらいしてもらっていいですか？」

……あっ、よかった。店員の冗談ってことだったのね。もう少しで、ラフィアを減給させるところだったわ。

「た、たたたべさせあう!?」

……だが、どうやらアークはそっちに驚いたらしい。珍しく少し頬を赤らめている。

アークの反応に少し驚き、それからあたしは気づいた。

……そっか、アーク女性経験がまるでないのね。だから、この状況に恥ずかしさを覚えているのだ。

たぶん、あたしじゃなくても誰にでもあの反応をするのだろう。

しばらくあたしたちが見つめあっていると、店員が首を傾げた。

「あれ、どうしたんですか？　あっ、もしかしてまだ付き合いたてとか？」

「……そ、そうなの。だから、その、できれば――」

店員が目を輝かせて手をばっと掲げた。

……仕方ない、仕方ないわね！　ここまで店員が言っているんだから、やるしかないわね。

「ならこれを機会に一歩、踏み込みましょう！　はい、こういうときは彼氏さんからどうぞ！」

この店員できるわね。我が家の使用人として雇おうかしら。

あたしはちらと、アークを見る。

アークはやはり緊張している様子だった。

あ、アークに食べさせてもらえる……。そう思っただけで、心臓が嬉しくて跳ねあがる。

けど、あたしはすぐに口を開けることはしない。

あくまで、渋々、という空気を作りだす……っ。

アークが諦めた様子で一口分をとって、スプーンの先をこちらに向けてくる。

「シーア、はい。あーん……」

「あ、あーん……」

あたしは努めて冷静に、彼のスプーンに乗ったパフェを食べた。

凄いドキドキしている。自分の熱でクリームが溶けるんじゃないかと思ったほどだ。

味は……よくわからない。なんだか、風邪でも引いたときのようだ。

視界がぐらぐらと揺らぐような感覚に耐え、あたしはスプーンで一口分、とった。

これで、少しは意識してくれないかしら……。

そんなことを考えながら、あたしはアークのほうにスプーンを向けた。

「あー、く……ほら、次はあんたの番よ」

声、震えていなかったかしら？

少しだけ手は震えている。アークの顔は真っ赤で、いつもなら「何を恥ずかしがっているの？」とか言えるのだろうけど、今はそんな言葉も口から出てきてはくれなかった。

じっとこちらを見てくるアークに、あたしは小さく口を動かす。

「……これはカップルとして、よ」

この場に店員がいなければ、「カップルだと信じてもらうためよ」と言えた。

あたしたちは、カップル……そう意識したとたんに、さらに体が熱くなった。

……勘違い、してくれないかしら。

そんなことを僅かに期待しつつ、アークのほうにスプーンを近づけた。

アークが口を開く、スプーンに食らいついた。彼の口内の動きがスプーン越しに伝わってきて、驚いて震えてしまう。

アークに食べさせるのってこんなに緊張するのね……。

正直いって気絶しそうだったけど、あたしは何とか意識を保った。

「はい、ありがとうございます！　それでは、ごゆっくり！」

店員が去ったところで、あたしは一度呼吸をする。

「アーク……変なこと、考えるんじゃないわよ」

考えてもいいわよ。

「……わ、わかってるっての」

だよね、あんたは。きっとそう答えると思っていたわ。

「ったく、慣れないことはするもんじゃねぇな」

アークはそういって、服の胸元を摑んで風を送っている。

……まあ、緊張させられたってことは、女としては意識されているってことよね？

「そういえばアーク、こういう経験は初めてなのかしら？」

「……そういうおまえはどうなんだよ？」

「……あるの？」

「……ねぇよ。そっちは？」

「……ないわよ」

アークの質問の意図はわからなかったが、予想通り女性経験はない、と。

だからこそ、あれほど緊張してくれたのかもしれない。そういう意味で、ほっとした。

それから、あたしはスプーンをちらと見る。

……これ、間接キスになるわよね。

アークはまだ気づいていないのかしら？　……だったら、先にたべてしまおう。

あたしは何も気づいていないふりをして、そのままスプーンでパフェを食べ始めた。

アークが一瞬スプーンを見て反応していたけど、あたしは何も知らないわ。


「デート、うまく行きましたね」

ラフィアの言い方に首を傾げる。

「まるで、見ていたかのような口ぶりね」

「はい、スパイト様と一緒に」

「見てたの!?」

ていうか、親父まで!?　まさか、つけられていたの？

親父のことだからやりかねないわね……。

ていうことは、あたしがあれだけ顔を真っ赤にしてアークにパフェを食べさせていた姿も――。

考えてまた恥ずかしくなってきてしまう。

「……シーア様、もしかして恥ずかしがっています？」

「当たり前、でしょうが……っ」

「わかりました。それでは、見なかったことにしておきましょうっ」

「今さらよ、バカ」

ラフィアの笑顔に額を押さえる。……まったく。まあ、見られてしまったものは仕方ない。

親父はますますアークを否定する可能性があるわね。

「シーア様的にはどうでしたか？　今回のデートは」

「……………悪く、なかったわよ」

むしろ、あたしとしては100点に近い。

「アークが楽しめたかどうかは、わからないけれど」

自分勝手なところが結構あったと思う。

普段のあたしに慣れているアークなら、何も感じないかもしれないが……貴重な休日を使って外に出ているという部分も加味すると、どうなのだろうという感じね。

「大丈夫ですよアーク様なら」

それは、彼女なりの気遣いなんだろう。

今は、そんな根拠もない言葉でも、嬉しく感じられた。

「……とりあえず、また次にアークのプレゼントは持ち越しになったわ」

「うまくやりましたね。また、デートできるってことですね」

「……結果的には、そうね。まあ、アークがそういったんだけどね」

「なるほどっ！　ってことは、アーク様もまたデートに行きたいとか考えちゃってるんじゃないですか？」

……どうかしらね？　少し考えてみる。

楽しくもない相手とまた次も出かけたい、とは決して言わないんじゃないかしら？

いや、それは楽観的ではないのあたし。アークのことだから、「今日一日、お金かからないで生活できた！　次も！」とかこっそり考えているかもしれない。

律義なところもあるが、ずる賢いところもあるのがアークだ。

「わからないわよ。お金かからずにあちこち行けた、とか考えているかもしれないわ」

「あー、そうなりますか」

ラフィアがこくこくと頷いている。

だってアーク、あたしにあまり興味なさそうなのは相変わらずだったし。

「まあ、回数を重ねていけば、アーク様もシーア様の魅力に気づくかもしれませんし、頑張ってくださいね」

「……回数を重ねる、ね」

簡単に言うけど、かなり大変なことじゃない？

何度もやっていけば、アークとのデートにも慣れるのだろうか？　慣れたい気持ちもあるけど、いつまでもこのドキドキを味わいたい気持ちもあるのよね。

「とりあえず、次も頑張ってくださいね！　それじゃあ、私少し仕事あるみたいなので、これで！」

「……ええ、またあとでね」

ラフィアが部屋を出た後、あたしはアークがリーベに言い放った言葉を思い出していた。

……パフェを食べたあと、私は変なのに絡まれた。

その後、アークはあたしに、『一緒に最強になろう』という意味の言葉を言ってくれた。

……あの言葉を聞いたとき、嬉しくて涙が出そうになってしまった。

あたしはアークに何もプレゼントできなかったのに、あたしだけ色々もらっちゃって、ずるい女よね。

テーブルに伏せるようにして、あたしは少しだけ目を閉じる。

次の機会があったら、アークが喜ぶことができたらいいな。

そのときには、もう少しだけ、素直なあたしを見せられればいいんだけど。

頑張りなさいよ、未来のあたし。

あとがき

本書を手に取ってくださった皆様方、はじめまして。また、小説家になろうで既に読んでくださっていた方には、改めまして、木嶋隆太と申します。

小説家になろうで書いていた作品が、こうして本という形になってとても嬉しいです。これが初めてというわけではありませんが、何度経験してもこの湧き上がる感情は中々抑えられるものではないですね。

さて、挨拶もそこそこにして、私がこの作品を書くにあたって、特に意識したのは、ツンデレになります。

昔から、ツンデレキャラが大好きな私は、この作品でもツンデレを強く意識しました。

メインヒロインであるシーアを、皆様にも好きになっていただければ作者としては嬉しい限りでございます。

作品に関しては、他にも色々と語りたいものはありますが、あまり私があれこれ言うのと、読者の方々が受ける印象は違うと思いますので、この辺りにさせていただきます。

というわけで、誰でも目につく表紙についても語らせていただこうと思います。マグカップさんに描いていただいたこの作品の表紙、アークとシーアが並んで立っている姿を見て、もうワクワクが止まりませんでした。自分が生み出したキャラクターが姿形を得るというのは、やはり嬉しいものですね。

最後に、皆様に感謝を述べさせていただければと思います。

まず、こんなに可愛らしいイラストを描いてくださったマグカップさん、私のふんわりとしたイメージをしっかりとしたものにしてくださり、とても創作意欲がかきたてられました。

次に、色々と相談に乗っていただいた編集担当様、色々な意見を頂き、設定を固めることができました。心からお礼を申し上げます。

そして、この本を手に取ってくださった皆様方に、改めてのお礼を。本当にありがとうございます！

お手にとっていただき
ありがとうございました！
mug
up
この顔のシーアが
描きたかった絵！
（アークをそえて）

アーク
シーア

アニメ
10月放送
スタート!!
私、能力は平均値でって言ったよね！
FUNA
私、能力は平均値でって言ったよね！
FUNA
私、能力は平均値でって言ったよね！
FUNA
私、能力は平均値でって言ったよね！
FUNA
私、能力は平均値でって言ったよね！
FUNA

二度転生した少年は
Sランク冒険者として
平穏に過ごす
～前世が賢者で英雄だったボクは来世では地味に生きる～
十一屋翠
illustration がおう
コミカライズも
好評連載中!!
マンガUP!で検索!!

EARTH STAR NOVEL

誰でも使える身体強化を鍛え続けたら、滅茶苦茶強くなってました　人類最強の無能者！？

発行 ―――― 2019年8月10日　初版第1刷発行

著者 ―――― 木嶋隆太

イラストレーター ―――― マグカップ

装丁デザイン ―――― 山上陽一＋藤井敬子（ARTEN）

発行者 ―――― 幕内和博

編集 ―――― 今井辰実

発行所 ―――― 株式会社 アース・スター エンターテイメント
〒141-0021　東京都品川区上大崎 3-1-1
目黒セントラルスクエア　5F
TEL：03-5561-7630
FAX：03-5561-7632
https://www.es-novel.jp/

印刷・製本 ―――― 中央精版印刷株式会社

ISBN 978-4-8030-1329-0